CRYSTAL BUNKO

クリスタル文庫

榊　花月

真夜中の匂い

真夜中の匂い

カバー＆本文イラスト　紺野けい子

1

腕にはめたＧショックが軽い電子音を発し、一日の終わりを告げた。

また似たような日が、無意味に過ぎたことを古澤《ふるさわ》未明《みめい》は知った。

クラブの中には、熱気が充満している。紫の煙とアルコールの匂い。ＤＪが回すレゲエのリズム。

そこにたむろするのは、怪しげな若い奴らばかりだ。真夜中だろうと、明け方だろうと、おかまいなしに騒ぐ連中。

まあ一口で言うとろくでなし、ということだ。

そして、そんなろくでなしの中に俺も入るんだなあ、と思った時、隣に坐っていた男が腕をつついてきた。

「まだ帰らないんだろ？　ちょっと河岸《かし》変えない？」

未明は、男の顔を見た。言われて初めて気づいたが、鼻にピアスが三つもついている。痛そうだな、と漠然と思う。

つまりはその程度の間柄だ。今夜、初めて会った相手である。顔見知りとも言えない。

そんな相手について行ったりすると、ろくなことにならないのは判っている。

「いいよ、俺は」

軽く答えたつもりが、相手はむっとしたように口を曲げた。

「なあ、いいじゃんか。行こうよ」

いやにしつこく絡《から》むような物言いをする。

こういうのには、関わりたくない。未明が男の腕を振り払うようにすると、テーブルの上に置かれたグラスが勢い余って倒れた。

不穏なムード。一気に変わる。流れ出した液体と氷。未明の七分丈のカーゴパンツの膝を濡らす。

「ちくしょう、なめんなよ?」

何に起因《きいん》するのか、結局誘いに乗らなかったのが気にくわないのか、男はうなるように声を発し、未明の腕を勁《つよ》くつかんでくる。

「やめろよ」

未明は言ったが、その時になって初めて気づいた。

周りを囲まれている。

いつのまに現れたのだか、ラスタカラーの帽子をかぶったドレッドヘアの男、アフロ、金髪とヘアスタイル一つをとってもごった煮のような人種のるつぼのただ中に、自分が立たされていることが判ると、急に不安な気持ちになった。

「行かないなんて、言わないよな？」

最初に声をかけてきた、隣の男がすごむように言う。

「俺は……」

べつにやばい遊びがしたいわけではなくて、ただなんとなく馴染みの店でタマっていただけで、新参者といったらあんたらのほうで、俺はそれなりに顔で……。

いろいろな言葉が脳裏を駆けめぐったが、こいつらを納得させるようないいわけは、とりあえず、ない。

なんなんだよまったく。萎《な》えるよな。なんだこいつら、なんてことないじゃんか。ちょっと脅《おど》しをかけときゃ黙るんだよ。

強気の自分も、いるにはいたが。

「いや、やっぱやめとく」

結局、考えた中でいちばん穏便な断り文句を繰り出すことになる。なにはさておき、まず店の中に自分を確保しておくこと。そうすれば、奴らもまさか店の中で大暴れというわけにもいくまい……。

そう読んだのだが、すると周囲がにわかに色めき立ったのが判った。

「いいから、来いよ」

つかんだ腕に力が籠められる。

冗談じゃない。本気で厭《いや》になる。膝が冷たい。誰のせいだよ誰の。死んでも行くかよ。

「お前、なんなんだよ？」

しまいには焦《じ》れたリーダー格のドレッドから問われることになる。

「俺らの誘いには乗れないってか？」

乗れるわけないだろ。未明は下から相手を睨んだ。

それがまずかった。

「なんだこいつ、生意気だな」

と、ラスタ。同時に四方から腕が伸びる。つまりは数に物を言わせるということらしい。

冗談じゃない。

未明は力を振り絞って抵抗した。しかしいかんせん、相手は人数が多い。

すぐに無理矢理立ち上がらされることになる。他の客は、このちょっとしたトラブルに気づいてはいるものの、関わりあいにはなりたくないらしく知らん顔だ。

お前ら外道だよ……思い、そんな自分に苦笑する。こんなこと。もし自分の身にふりかかった災難でなければ俺だってスルーするさ。

半ばあきらめて立ち上がった時、

「いい加減にしろよ」

後ろから声がかかって、ぱしゃ、と水音がした。

うわっという叫びとばらばらと離れていくいくつもの腕。

その向こうに、すっくと立った人影があった。

「しまいに火ぃつけるよ？」

ヒロキは半分笑った声で言い、手にしたライターをカチっといわせた。

「それ、スピリタスだから」

ひっと叫ぶ声がして、アフロが後退《あとず》さる。

「なんだよお前」

金髪がむきになってヒロキにくってかかった。少しはおぼえがあるらしい。タトゥーの入った腕をヒロキに向かってつき出す。

それを、

「やめとけ」

とドレッドが押さえた。

「こいつ、ヒロキだぜ」

「えっ」

してみると、名前は知っていても実物はどんなものだか、金髪は知らなかったらしい。

ヒロキ、と名を聞いてから未明の腕を放すまでに多少時間がある。

その、僅《わず》かな間さえ惜《お》しむようにヒロキはジッポゥを鳴らし続ける。

「と、とにかく行こうぜ」

金髪をひきずるように、男たちはそそくさと離れて行った。

「あい変わらずだな、ヒロキ」

未明が呆れて見上げると、形のいい眉がつり上がった。

「なんか言うこと忘れてないか？」

「……サンキュ」

ヒロキは満足そうに笑い、ライターをポケットの中におさめた。左の手首に、トレードマークのリストバンド。

「こんなとこでうだうだクダ巻いてるから、変なのに引っかかるんだよ」

笑顔の中にも笑っていない目でヒロキは言い、未明の隣に腰を下ろす。

「変なのか、あいつら」

「少なくとも、俺よりはね」

「それ、絶対変な連中だよ」

「俺はまともだぜ？　状況が俺をまともじゃなくさせることもある、ってことで」

よく言うよ。呆れて肩を竦《すく》めた未明に、ヒロキはにっと歯をむき出してみせた。

「ほんとに怖いもんなんかないんだな、お前」

「あったりまえだよ、俺には感情がないからな」

ヒロキは、その時だけは誇らしげに胸を張ってみせた。

そんな様子をみるにつけ、「感情がない」とはとても思えないのだが……しかし、実際、ヒロキにはどこか捨て身なところがある。

投げやりといったほうがいいか。なにも畏《おそ》れてはいないし、護《まも》るものもないという。行動にもそれは顕著《けんちょ》で、肩がぶつかったのに因縁をつけてきたヤクザと、平気で渡り合ったりする。

ヤクザにとって、素人のマジ切れほど怖いものはないらしく、ヒロキは実際、今までコンクリート詰めにされたこともなく無傷だ。

覚悟ができている、腹が据わっているということなのかと、そんなヒロキを見るにつけ未明は思う。

要するに、「感情がない」というのは……しかし、ヒロキの身仕舞いの仕方は、そんなありきたりの表現ではおさまりきらないような気もする。なんでも、小さい頃家族から暴力を受けていたという。いわゆる幼児虐待の被害者。でも、そんなことでこうなるものなんだろうか。

結局、よく判らないままに、なんでだか気に入られたらしく、ヒロキには世話になっている。未明より一つ年上の十八歳。血気盛んなお年頃。高校には行っていないらしい。

俺と一緒だな、と言うと、

「俺は最初から行ってねえんだよ」

と、返された。

そんなヒロキから見れば、俺なんか莫迦々々しくてしょうがないような存在なんだろうな、と思う。

いちおう籍は置いているものの、あまり行かない学校。肩書きを問われたら、「学生」と答えるのに躊躇《ちゅうちょ》しそうだ。おくゆかしいな俺……問題は、そんなことじゃあないのも判っているが。

「どのみち飽きてたんだ。出ない？」

誘うと、ヒロキは頷いて立ち上がってきた。

通りに出る。とたんにけばけばしいネオンの隊列が二人を出迎える。赤、ピンク、イエロー。常軌《じょうき》を逸《いっ》した名前を名乗る店では、常軌を逸したサービスが施されているらしい。そんな街だ。ろくでなしのエキスを抽出したような街。今ここに核ミサイルを撃ち込まれたところで、誰一人惜《お》しまれないであろう命の値段、十円。これでもずいぶん高く見積もった計算だ。

もっとお洒落な街や、若者がたむろするストリートがあるのも知っている。しかし、あえてここを選んで遊ぶこと二年、もう他の街で刺戟《しげき》なんか受けることはないんじゃないかと思う。

「ここも最近、面白くねえな」

しかし、並んで歩きながらヒロキは呟いた。そうした、お洒落な街の一つに飽きてやってきた流れ者。

何一つ畏れることのない、やばい奴。

アッシュブロンドの髪に、鋭い切れ長の眸。道を歩けば厭でも目立つ。身長はさほどでもないが、顔が小さいのでおそろしくスタイルがよく見える。すらりとした痩身《そうしん》。

ここで遊ぶ一握りの若者にとって、ちょっとした名前になっている。感情のないヒロキ。スピリタス。アルコール度数九十六度のウォッカは、彼のステイタスだ。

反面、敵も多い。いつかぶっ殺す！　と息巻いている連中がいるのは未明も知っている。しかし、息巻いているだけで誰もそれを実行できていないからヒロキは今日も無敵だ。

「そう？　俺はまだまだ面白いけど」

「ミメイはお子様だからな。まだ補助輪ついてんだ」

むっとするが、その通りなので未明は黙る。ヒロキは隣で涼しい顔だ。

「どうせガキだよ」

認めておくに越したことはない。恐怖のヒロキ。火をつけた奴が悪いという話になる。

「まあそうむくれずに。ミメイには見どころがあるって、俺は踏んでんだけどな」

「見どころがあってどうするんだよ」

「さあ。なにかしら役に立つんじゃないの？」

きわめていいかげんな返事だ。感情がないからしょうがないのだろうか。

「どこ行く？　最近ブークラもワンパターンだよな」

ヒロキが肩をぶつけてきながら問う。

「どこでもいいけど、ヤバいのは厭だな」

「あいつらが特殊なんだよ、イカれてるから」

「お前に言われたくないよ」

ふざけあいながら歩いている時だった。

路上にふと、知った人影を見たような気がして、未明は立ち止まった。

「なに？」

そこは性感マッサージの店の前である。入ろうとしているのか、出てきたところなのかは窺《うかが》えない。

ただ、ぼんやり突っ立っているだけのようにも見える、その男を未明はたぶん、知っていた。

「なに」

ヒロキも立ち止まり、怪訝そうな声で訊く。

「いや……まさかとは思うけど」

「なにが」

「うちの教師かもしんない」

「え？　センコー？」

「しっ」

未明はヒロキを抑えたが、遅い。

相手はこちらに気づいている。ネオンに照射《しょうしゃ》された顔が浮かび上がった。

鼻筋の通った、整った面立《おもだ》ち。

間違いない。あいつだ。

道行く人の群れの中で、そして、「あいつ」もこちらに気づいている。

それが、受け持っているクラスの生徒だと、認識しているのかいないのかは、判らなかったが。

しかしたしかにこちらを見た。

ヤバい……未明は天を仰ぐ。今日は無断欠席。物理の授業のある日かどうかは憶えていない。

が、視線はすぐに逸《そ》れた。

あれ？　と思う間もなく男……物理の臨時講師……は、踵《きびす》を返して去って行った。

「なんだよ。人違いなんじゃん？」

ヒロキがなお疑うように言う。

「そう、かな……」

未明は頷いたが、内心では百パーセント間違いないと思っていた。

こちらを見た時の、射抜くような視線におぼえがある。

冷たく燥《かわ》いたあの目……棚橋伸行《たなはしのぶゆき》、という名前もようやく思い出していた。

2

翌朝、未明は自分としてはおそろしく真面目な時間に登校した。

気が向いたというのもあるが、昨夜の男の正体がほんとうに棚橋なのか、ということをつきとめたい気持ちもあった。

もし当人なら、未明にはなんらかの処置がくだされるはずである。呼び出しか、そうでなければまた停学だとか。

いずれにせよ、それは棚橋を同席した上での話になるので、そのことによって昨日の男が棚橋本人なのかが判るだろう。

そう、思ったのだが、つまらない午前中の授業が過ぎても、未明に呼び出しが入る気配はない。

なんだ、人違いか。

最終的に未明も断をくだした。棚橋だと思っていたのだが、そうじゃなかったらしい。いくらやる気のない臨時講師の身とはいえ、風紀を乱す生徒の存在を学校側に黙っておくはずがない。そうでなくても、荒《すさ》んだ校風。

なんとかそれを変えようと、三年前に制服が学ランからブレザーになった……らしい。改造しようのない制服だから、だそうだが、それにしても短慮《たんりょ》な処置だ。実際、グレイフラノのズボンを腰履きにするなど当たり前の校内である。

未明にとっては、どっちも莫迦だ。規則や制服を強制しようとする学校も、むきになってそれに反発する生徒たちも。金持ちのアホが行く学校と、創立以来そう思われているのだから、今さら制服がどうという問題じゃないというものだ。

よって、登校時にはえんじのネクタイをきちっと締め、ブレザーのボタンも外さない未明である。校章も学年章も、胸ポケットにちゃんと並べて留めてある。

未明は三年生だ。そろそろ進路を決めなければならない。クラスのアホの大半は、併設されている大学部へ進むらしい。こんなアホとまた四年間、と思うものの、進学を選べば、結局自分だってそのアホどもと、世間的には同じ括《くく》りなわけだ。

かといって、なにかやりたいことがあるでもない。目標も夢もない未来。

ま、絶望もしてないけどね。

昼休み、いつもの場所に向かおうと、未明がぶらぶら渡り廊下を歩いている時だ。

前からやって来た人影を、見るともなしに見て未明はひやりとした。

棚橋。物理の臨時講師だった。

白衣姿に出席簿を抱え、ゆっくりと歩いてくる。

げ、激ヤバ。

その姿を見れば、昨夜の男は棚橋だったと断言できる。冷たく整った顔立ちは、他に類似を赦《ゆる》さない。

こんな美形、そうそういるもんじゃねえよな……。

半ば呆れながら未明は、しかし冷静にそんなことを思っていた。

距離が縮まる。

二人の間が、短くなって行く。

どう出るべきか。短い間に未明は選択肢《せんたくし》を上げ、チェックした。

どう出るもこう出るもない。相手は既に目と鼻の先である。

「――よう」

で、選んだのはそんな間抜けな挨拶だった。

きちんと左手を挙げたのに、棚橋は反応がない。

あれ？　やっぱり別人なのかな。

未明が思いかけた時、

「……夜遊びもほどほどにしろよ」

低い声の囁きが、耳許でした。

情けないことに、その声に未明は腰がくだけてしまった。低いトーンの、抑えたハスキーボイス。未明の好みのツボだ。そこを押されたら、一も二もなく堕《お》ちる。

「——なんだ、やっぱあんた……」

いいかけた言葉を無視するように、棚橋は通り過ぎていく。来た時と同じスピードで、遠ざかってしまう。

後には、中途半端な気分を抱えたままの未明が取り残された。

「なんなんだよ」

無視されて、未明は頭に血が上った。

「おい！」

遠ざかる後ろ姿に怒声を浴びせるが、棚橋はもう関係ないことと言いたげに歩いて行く。

なんだ、これじゃ無視じゃんか。

思ったそばから、猛然と腹が立った。無視。なによりそれが嫌いな未明だ。

しかし、棚橋の姿は既に視界に、ない。

「畜生」

わめいてみても一人。俳句かよ。

未明は床を蹴った。しかし上履きの頼りないゴム底は、たいした音をたててはくれない。

猛然と、未明は踵を返した。頭の中に、冷たくこちらを見据えた、棚橋の顔がある。

どっちにしても、とその後思った。

あいつがあの界隈にいたのは事実なんであって、それは臨時とはいえ高校教師にはあるまじき行為であって。

よって君が握っているつもりのアドバンテージは、あいにくこちらには効果ないんだよ。

あきらかに負け惜しみだったが、そうでも思わない限りいてもたってもいられない。

悔しかった。


「臨時講師？　ああ、タナさんね」

保健室の中に、紅茶のいい香りが漂っている。

ティーポットを机のほうに運びながら、恩田《おんだ》が言った。ここの主、保健医。白衣を着ていなければ学生に見えそうな童顔。つまらない学校の中で、唯一気のおけない場所であり、相手だ。

「タナさん?」

「棚橋先生でしょ、それは」

のんびりと言い、未明の前にティーカップを置く。

「棚橋だけど……タナさんなんて呼ばれてるわけ?」

「呼ばれてるんだな……まあ、俺にだけだと思うけど」

「オンちゃんだけだと思うよ? あいつ職員室に友達いなさそうだもん」

吐き捨てた未明に、恩田は身体を折り曲げて笑った。

登校はしても教室にはめったに行かず、ここに入り浸っている未明に、「ちゃんと授業は受けろ」みたいなうざい説教は入れてこない。それでいて、物わかりのいい大人、を押しつけてくるでもない。

どこか超然として見える恩田が、未明は変な意味ではなく好きだった。少なくとも、「大人」側じゃあない。かといって「子ども」側でもないが。いわば仙人。秘伝の巻物でも持っていそうだ。

「すごい。古澤くんにかかっちゃ、さすがのタナさんも形無しですね」

「あいつを『タナさん』呼ばわりできるオンちゃんのほうが、よっぽどすごいよ」

そういう自分も、保健医をちゃんづけで呼んでいるのだが、恩田はそんなこともべつに気にはならないらしい。

その、のほほんとした顔を見ながら、未明は、

「あいつってさ」

と言った。

「臨時講師だろ？　物理のハゲ藤が戻ってきたら即行用なしになんだろ？」

授業を聞いてくれない生徒たちに悩んだあげく、円形脱毛症にかかって療養中の教師の名をあげる。自分たちで追い込んだくせに、「あいつ、しまいにハゲたらしいぜ」という話が伝わるや、即あだ名が「ハゲ藤」に変わる。本名は斉藤。精神に異変を来す前は「ダメ藤」と呼ばれていた。

そんな学校。アホとろくでなしのたまり場。

「そういうことまでは俺は知らないけどね。そうなるんだろうねえ」

「そしたら、あいつどうすんの？」

「さあ……」

「ダメじゃん、オンちゃん。お友達だろ」

未明の言葉に、恩田はまた笑った。

「お友達。そう呼んでいいものか」

「友達でもない奴に、あだ名はつけねえっちゅうの」

「そうか」

恩田は腕を組み替えた。

「たしかに同年代だし、他の先生よりはうちとけてるかもしれないけどね」

「やっぱ他に友達いないんじゃん」

「古澤君は、なんでそんなにタナさんのことが気になるんですか？」

急に切り返されて、未明はうっと言葉につまった。

「気にしてるわけじゃないけど……なんかあいつ、むかつくんだよな」

自分でもよく判らない感情を、その簡単な一言で押し流す。

「それはまた。理由もないのに嫌われて、タナさん気の毒だ」

「理由は……あるよ」

「あるんですか？　どんな」

「……さっき挨拶したら……無視された」

「へえ」

恩田はことさらに驚いた顔になる。

「なんだよ、俺が先公に挨拶したら、そんなに変かよ」

「変とは言わないが、不思議な感じだな」

「同じじゃねえか！　……でさ、あいつここやめたらどうすんの？　つうか、来る前はなにやってたの」

「調べて、どうすんの」

「どうって……」

　未明は膝を掻いた。自分でも、なんでこんなに棚橋にこだわるのか、よく判らない。

「……べつに調べてるわけじゃないよ。どんな奴なのかなって思っただけ。だいたいさ、生徒が挨拶してんのに、無視するか？」

　挨拶とは言えないような「挨拶」だったが。

「もともとは、大学院でなにかの研究をしていたと聞いとるが」

「研究？　物理の？」

「まあ、日本文学やアイドルの研究はしていないと思われますな」

「……オンちゃん」

「いやいやいや。よく知らないのよ、実際」

　恩田は言って、頭に手をやる。しかしこのポーカーフェイス。どこまで本当のことを言っているのやら。

「大学院出ても、就職先見つかんねくて、臨時講師で全国渡り歩いてるわけ？」

「渡り歩いて……って、臨時講師界のことは俺にも判らんのよ」

「オンちゃん……」

「いやいや。でも教えるのは初めてだって言ってたかな」

「じゃ、前はどっか大学の研究室にいたってこと？」

「そうなんだろうねえ……あ、お茶が冷めちゃいますよ？」

恩田の言い方では、他にもなにか知っていることがありそうだった。

しかし、これ以上つついても、なにも出ないであろうことも判っている。どんなに親しみやすくても、ざっくばらんな性格でも、生徒との間の線引きはきちんと行っている。それが恩田だ。けじめをつける男。

「それより、古澤君、タナさんの授業を受けたことがあるんですか？」

「……なくはねえよ」

大騒ぎしているクラスの連中を前に、顔色一つかえずに淡々と授業を続行していた。

変わった教師だと、思ってはいたのだ。まるでロボットみたいだとも感じた。普通なら、怒鳴るか、ハゲ藤のように哀願するか、それとも黙って出て行くか……自分なら、一番最後だが、棚橋は動ぜず誰も聞いていない授業を終えた。

まるで初めから、受け入れられることを拒否しているような棚橋に、そういう意味では最初から関心があったのかもしれない……。

「なくはない、かあ……」

「なんだよ」

「いや、いい答えだと思って」

「莫迦にしてんだな」

「してませんよ。で、どうだった？　タナさんの授業は」

「知らねえよ。憶《おぼ》えちゃねえよ」

「うーん……気の毒だ」

恩田は、大して感情のこもらない声で言い、ティーカップを口に運んだ。

「嘘つけ。関係ないって思ってるくせに」

未明のつっこみに、恩田はまた爆笑し、結局すべてをうやむやのうちに終わらせてしまったのだった。


門扉《もんぴ》を開きながら、ポケットから鍵を出す。玄関の扉は、今日も冷たく閉ざされている。それでも少しは期待する気持ちもあったのだが、広い玄関ホールに、人の影は見えなかった。

「ただいまっと」

ことさらに勢いよく靴を脱ぎ捨て、未明はずかずかホールを横切る。

「誰もいませんね、はいはい、判ってますよー」

ダイニングのテーブルに、通いの家政婦が作った料理の皿が並んでいる。ぱっと見豪華だが、食う気のしない料理の皿が。

キッチンに入って大型冷蔵庫を開け、オレンジジュースを取り出した。グラスに注ぎながら、リビングに向かう。三十畳ばかりのスペースに、応接セットが三組。年に四回ぐらい催《もよお》される、ホームパーティとやらのためのスペース。

いいけどね。

ソファに凭《もた》れてジュースを飲んだ。マントルピースの隣の大時計が時を刻む音以外、コトリとも聞こえない、死んだ家。

それを嘆くようなデリカシーは自分にはない、と思っている。両親は互いに愛人を作っては別宅に入り浸り、それこそたまに行われるパーティの時にだけ、夫婦ですという顔をする。未明も無理矢理参加させられるので、そんな気配がする日には、家に寄りつかないことにしている。

こんなことには馴れている。なんでもないことさ。金はあるけど愛のない家庭。よくある話。金も愛もないよりは、かなりましだ。

その意味で、未明は父親を尊敬している。いや、敬意を表するにやぶさかではない、というところか。

とにかくこれだけの生活を維持してゆくだけの金をどっかから運んで来るわけだから。

何人いるのか知らない愛人にも、相応の暮らしをさせてやっているわけだから。

　母親は母親で、年若い男に入れあげ、夫のある身などという自覚もないのだろう。家庭など一顧《いっこ》だにしない。そもそもここは家庭じゃないんだから当たり前か。そんなに年下が好きなのなら、息子だって年下だろうに、かわいがる気持ちもないご様子。

　その息子にしたって、学校なんか気が向いた時に行けばいいのだと思っている。どうせエスカレーター式に大学部まで上がれるのだし、進学しないにせよ、囓《かじ》るための親のすねには、いつでもたっぷり肉がついている。

　つまりはそんな家だ。家族を構成できそうな人間がとりあえず三人、各人好きなように好き勝手なことをやっているだけ。

　どこもかしこもろくでなしだらけだな。

　ジュースのコップをわざと乱暴にテーブルに滑らせ、未明はクッションを抱えてソファに寝ころがった。いや、自分がろくでなしなのは自分のせいだけど。親の愛情が足りないからうんぬんと、頭の悪いいいわけはしたくない。

　昔は、それでも、それなりに親の関心をひこうとして必死だった時もあったのだ。笑っちゃうぐらい可愛かった頃。どうしてうちにはお手伝いさんしかいないのか、お父さんとお母さんはたまにしか帰ってこないのか。

　お父様もお母様もお忙しいのですよ。世話をしてくれていたばあやが教えてくれた。だから、坊ちゃんは良い子にしてるんですよ。

そうすればきっと、母親が帰ってきてくれる。

子どもに言い聞かせながら、その実ひっそりと笑いをもらしたばあやの顔を、今でも憶えている。

かわいそうね。お金ならいくらでも貰えるでしょうにね。

雇い主を、軽蔑していたのだ。今なら判る。彼女はただ嫉妬に駆られていただけだということが。ばかでかい屋敷、豪華な暮らし。自身では得られないそれらを、しかし莫迦にすることで雇用人としての矜持《きょうじ》を保っていたのだ。

そして、矛先《ほこさき》はいつだって弱者に向けられる。子どもをいいようになだめすかしながら、自分の生活のまっとうさを確認し、安心する。

貧乏人特有の思考パターンだ。俺には関係ねえ。

しかし、あの女の笑みだけは、今も目裏《まなうら》に蘇る。おかわいそうにね、坊ちゃん。おりこうさんにしてましょうね、坊ちゃん。お父様たちに愛されなくて、気の毒ですこと、坊ちゃん……。

一度、出かけようとする母親のドレスの裾につかまって、泣きわめいたことがあった。

お母さん、行かないで。今日はお出かけしないで。

熱があったのだ。病気の子どもは早々とベッドに寝かせられ、すると母親が部屋に入ってきた。おざなりな感じで額《ひたい》に掌をあてる。

少しは自分のことを気にかけてくれているのか……希望の光が見えてきた。未明はここぞとばかりに母親の裾をつかんで、泣いた。

笑っちゃうよ。三文芝居。母親は眉をしかめ、未明の手を邪険に振り払った。ああもう、皺になっちゃったわ、タキさん、着替えるから手伝ってくれない。

ばあやを呼びつけながら、またあわただしく部屋を出て行った。取り残された未明は、なにが起きたのかすら把握できないでいた。

あれは四つ五つの頃だっただろうか。母親は一度も振り返らなかった。無視。初めて受けた手痛い仕打ち。

その時から、母親を未明は信じなくなった。

父親に対しても、同様のことがいえる。どちらも同じ、クソッタレだ。二人は未明を無視し、それがために未明から憎まれることを享受《きょうじゅ》しなければならない。

お前ら、死刑。

両親はとうに屠《ほふ》ってしまったので、以前のような憎しみはもう、ない。

ただ茫漠とした思いが広がるばかりだ。無視。

その語が過《よ》ぎると、ふと脳裏に棚橋の顔が浮かんだ。道に転がっている砂利でも見るような、関心なさげなあの目つき。

あいつは誰にでも、あんなふうなのだろうか。

そういえば、笑っている顔を見たことはない。

それ以前、あまり学校に行っていないため、顔を合わせる機会がないというのもある。

きちんと向き合えば、その様々な表情を見ることができるのかもしれないが……そこまで考え、むっとした。

なんで俺が、あんな奴のことでこんなこと考えてなきゃいけないんだよ。

未明は起き上がった。こんな腐った家でうじうじしているからだ。どうでもいい。面倒くさい。

着替えるためにリビングを出た。二階に続く階段を、わざと足音をたてて上がった。

3

誰かに関心を寄せたりするのは、ひたすら疲れる作業で、よって未明はそれを好まない。

だから、遊ぶ場所も特定していない。なるべく同じ相手と遭遇しないようにするためだ。

よく行く店はそれなりにあるが、毎日顔は出さないようにしている。

そんな俺は、とたまに思う。自意識過剰ってやつなのかな。

毒々しいネオンで彩《いろど》られた悪趣味な街の裏通りを、泳ぐように歩いていく。知っている顔に時々出くわすが、あえて知らんふり。相手もどうせ、関わりたいなどとは思っていない。それが、ここのルールだ。

いやに長い車が、そういったけばけばしい店の前に止まっている。その前に立っているのは、黒いスーツの男が二人。どうみても筋者。咥《くわ》え煙草で人待ち顔のほうが兄貴分らしい。若いほうは直立不動の体勢だ。

ポケットに手を突っ込んで煙草を吸っている男の脇を通り抜ける時、

「おい」

後ろから低い声で呼ばれた。

はっとして振り返る。にやにや笑いを浮かべたヒロキが立っていた。

「──なんだよ」

「びびった？　びびっただろ、今」

その肩を押し退《の》けて再び歩き出そうとする未明に、ヒロキはまとわりつくようにしながら問うてくる。

「なにがだよ」

「びびってんじゃんか。あいつらに呼ばれたって思わなかった？　今」

「思わねえよ。うるせえな」

「俺はヤー公なんて怖かねえぜ」

ヒロキはわざと大声で言い、未明をひやりとさせる。

「おいっ」

「やっぱびびってんじゃん」

「……」

きれいな顔とは裏腹に、ヒロキはけっこう意地が悪い。

びびった、びびった、ヤー公にびびった。囃し立てながらじゃれついてくる。

「ああ、ああ、判ったよ。びびったって言やいいんだろ」

すれ違う人間が、二人を振り返っている。OLらしい二人組。この街には不似合いな人種。アッシュブロンドがそんなに珍しいのだろうか。

「莫迦だな、お前を見てんだよ」

そう言うとヒロキは未明をつつく。

「？　なんで俺だよ」

「ミメイは可愛い顔してんじゃん。黒髪だし、ここん中じゃ却《かえ》って目立つんだよ」

「冗談」

「マジで。自分で気づいてない？　かなりイケてるよ」

「かなり、ね」

「いや、めちゃめちゃイケてるって」

「そんなフォローは必要ないよ」

「まあいいじゃん。どこ行く？」

「どこでも」

「じゃ、ちょっと俺にプロデュースさせてよ」

「なんだよ、プロデュースって」

「面白いところがあるんだ」

ヒロキはきらりと目を耿《ひか》らせる。

なにかたくらむ時の目つきだ。油断ならない。

「お前の『面白い』はヤバいよ」

一度、ドラッグパーティに誘われたことがある。まだマジックマッシュルームが合法ドラッグだった頃だ。しかし、未明はそれを断った。やばいことには巻きこまれたくない。

「快楽は、いつだって死と隣り合わせなのさ」

「やだよ、そんな快楽」

「なんだかんだ言って、ミメイはお坊ちゃんだよな」

揶揄《から》うようにヒロキは言い、こちらを覗き込む。

わざとむっとさせようとしている。むきになるミメイは可愛い、などとは言われたくない。

「そうだよ？　なにしろ家は大金持ちだし」

で、あえて開き直ってみた。ヒロキは肩を竦める。これだよ。

「バカ高校だし、黙ってても大学行けるし」

「はいはい、判った判った」

あやすようになだめながら、ヒロキはネオンとネオンの間をするする抜けていく。どこに行く気なのだろう。ほんとうに「面白いところ」に向かっているのだろうか。いいけど、ヤバいのは厭だ。

やがて道は急に静まり返り、ぼんやり灯りのともる店ばかりになる。

「おい」

未明はヒロキを見上げた。

「ここって……」

有名なゲイストリートである。男の二人連れなど当たり前、そこかしこに人待ち顔の男が立っている。あきらかに客引き。オープンエアのお洒落なカフェ。しかし、表に出されたテーブルについているのも、中で坐っているのも、男、男、男、男である。

「やめろよ、俺そんな趣味ねえよ」

「観光バーだよ。なんだよ、ミメイ、経験ねえの？」

「そんな経験、あるほうがどうかしてるよ」

するとヒロキは、ふと表情を曇らせた。なにか厭なことがあった時に見せる目つき。

「なに」

で、未明はフォローのためにも話の続きを聞かねばならなくなる。

「二人でそっち系のカップルのふりするんだ。モノホンのホモの奴ら揶揄ってさ。それって愉しくない？」

ヒロキが肩を抱いてきた。

身をよじって、未明はそれを避ける。ふざけ半分でも冗談じゃない。

「愉しいわけないだろ。なに考えてんだ」

「いろいろ」

「とにかく、俺は帰るからな」

にべもなく誘いを却下し、踵を返そうとした時だ。

薄昏《うすぐら》い歩道、少し離れたその場所に立っている少年に話しかけている男……。

「あ」

棚橋だ。臨時講師の。

「なに？」

ヒロキは未明の視線を追うようにそちらを見やる。

「あれ？　あれってお前んとこのセンセイじゃないの」

「……」

棚橋は長身をかがめるようにして、小柄な少年と何か話をしている。

なにかって……考えるまでもない。

「おいおい、いいの？　あれ、どう見ても買おうとしてるよ？」

ヒロキが肩をつつく。

「うん……」

臨時講師とはいえ教える身分だ。しかし、人の性向に規制をかけるのもおかしな話である。セックスの相手選択の自由ぐらいは保証されてもいい。

いや、そんなことよりも。

棚橋がホモだとは知らなかった。驚きがおさまると、おかしさがこみ上げてくる。あいつ、あんなクールな顔してホモの変態かよ！

おかしさとともに、焼けつくようななにかがこみ上げてきた。相手が自分と変わらないぐらいの年齢の少年だったからかもしれない。俺を無視しといて、こんなところで男を買ってんのかよ、と、それはどこか方向を誤った怒りでもある。

理不尽の自覚はあったが、未明は衝動に駆られるまま、

「おーい、センちゃーん！」

棚橋のほうに向かって大声を発した。

男が振り返る。やはり棚橋。

「センちゃんなにやってんの？　こんなところで秘密のお愉しみ？」

手をひらひらさせながら、わざと軽薄な調子で叫んでやる。

棚橋は、しかし、そんな未明に動揺した様子もない。話していた相手になにか声をかけると、そのまま背中を翻《ひるがえ》した。

「あれー？　帰っちゃうの？　愉しまなくてもいいわけー？」

むっとして未明はなおも言いつのったが、棚橋はそのまま、通りを明るいほうへ向かって歩いて行く。完全無視。

「……」

「ひとが悪いなあ、ミメイも」

ヒロキがにやりとした。

「放っといてやればいいのに。センセイだって人間だぜ？　セックスの自由ぐらい保証したげたら？」

にやにや笑いのまま言われたが、未明は無視された悔しさで言葉が出ない。無視しやがった、無視しやがった、無視しやがった！

「おいおい、ミメイ」

そのまま回れ右をして歩き出した未明を、呆れたような声が追ってきたが、未明はそのまま、足早に通りを抜けた。

無視された悔しさを取り戻すように、未明は翌日も登校した。学校中に秘密をばらすと言ったら、さすがのあいつでものびのびるだろう。

そんな自分を大人げない、とは思う。だって子どもだもん、実際。しかしきっちりリベンジは果たしたい。そうでなきゃやり切れない。

教室には行かず、職員室に直行する。しかし中には入れない。用もないのに入るわけにもいかない。いや、用はあるのだが。棚橋の許にたどり着く前に、誰か他の教師に呼び止められそうだ。生活指導課の奴になんか捕まったらたまらない。

で、廊下を行ったり来たりしながら、ドアが開閉するたび覗いたが、いっこうに棚橋が出てくる気配はない。その姿を確認することもできない。

物理実習室、という選択肢が浮かんだ。そっちあたったほうが早いか？　うん、早いよな。

そんなことを考えるうち、空《むな》しくなってきた。なにやってんだ俺。こんな所で待ち伏せかよ。しかも男。片思いする女子中学生か。

片思い、という単語を浮かべるとはっとした。冗談じゃない。すぐに振り払う。こんなの恋じゃねえぞ。ただの……ただの、復讐のための厭がらせじゃんか。

莫迦々々しくなったので帰ることにした。階段を下りかけたところで、ちょうど上がってきた人影がある。

未明はぎょっとして立ち止まった。棚橋その人が、目の前にいる。

相手も未明に気づいた。しかし様子は変わらない。そのまま通り過ぎようとするので未明は焦った。

「おい」

立ちふさがるようにすると、棚橋は面倒そうに足を止めた。

「なにか」

「なにか、じゃねえだろ」

あくまで悠揚迫《ゆうようせま》らざるその態度が気に入らない。未明は唇を歪めて相手を見た。

「なんか言うことないのかよ、俺に」

「俺が？　君に？　何を言えばいいのかな」

「ばっくれんなよ。昨夜あそこにいたの、あんただろ」

あそこ、という言葉を強調したが、棚橋は動じた様子もない。

「そうだけど。それがなにか？」

それがなにか、って……未明は信じられない思いで棚橋を見る。

だが負けてはいられない。キッと相手を見据えた。

「そんな態度とっていいのかな？　俺は知ってんだぜ？」

「なにを？　そもそも君は誰？」

「生徒の顔も憶えてないのかよ！」

無視なんてものではない。未明は焦れて、階段を蹴飛ばした。

「毎日登校する生徒なら、憶えていたかもしれないけどね。君とはあまり会わないように
思うが」

その上、厭味かよ。未明は棚橋を睨んだまま、

「古澤未明。三A」

なんでこんなところで自己紹介しなければならないのか、と思う。

「ふうん。そうか」

「だから、待てよっ」

やはりそのままスルーしようとする棚橋の腕を、未明は摑んだ。

「まだなにかあるわけ？」

「言うこと言ってないんじゃないの」

「だから、何を言えばいいのかな。俺にはさっぱり判らないんだが」

「あんたが昨日、男を買おうとしてたことだよ」

未明にしてみれば、最後の、そして最強のカードだった。

「ほう」

棚橋には全然効《き》いていない。

「黙ってて欲しいんなら、それなりの態度ってものがあるんじゃないの？」

「脅迫もするわけだ。近頃の子どもは怖いな」

「怖いんだよ。ばらされたくなかったら俺にお願いしろ」

「……」

棚橋は、醒《さ》めた目でこちらを見つめている。

一見クールだが、奥になにか青白い炎が宿っているようなその眼差しに、未明はどきりとし、そして見返した。こんな奴に、負けていられねえ。

だが棚橋は、懇願するでも恫喝《どうかつ》するでもない。

おもむろに未明の手を振り払うと、なにごともなかったように階段を上がっていく。

「いいのかよ？　脅しじゃないぜ？　職員室行って、あんたの行状触れ回ってやる。それとも放送室からアナウンスしようかな、学校中に」

背中が止まった。未明は勝利を確信する。やった。

しかし、振り返った棚橋の目は、あい変わらず冷ややかだった。

「どうぞ。勝手にすればいい」

「……」

絶句する未明を捨て置き、そのまま階段を上がりきり、やがて視界から消えてしまう。

未明は呆然とその場に立ちつくした。敗北感。職を喪《うしな》うことなど、なんとも思っていないのか、あいつは。それ以前、羞恥心《しゅうちしん》とかないわけか。

恥じていない可能性はある。性向は自由。しかしどう見ても条例違反。昨日の少年が瞼に浮かぶ。十八いっていないような細い子だった。未明より年下かもしれない。

そんな少年を買春しようとしていたことを、全校中に言いふらされてもかまわないってか。

ブラフに決まっている。悔しさの中で未明は思う。なんだったら、今から放送室ジャックするぞ。

しかし、振り返った時の棚橋には、どんな動揺も見られなかった。

……マジで平気なわけ?

冷血という語が浮かぶ。しかし、棚橋の血は冷たいというより色が違うような気がする。青とか緑とか。ありえない色。

いや、血なんか通《かよ》っていないのかもしれない……。

萎《な》えてしまった。びびらせるつもりが、完全にあてはずれ。リベンジどころか、逆に悔しさが倍加しただけ。

未明は拳《こぶし》を握った。畜生。脳裏に、棚橋の冷たく整った顔が浮かんでいる。

あの目。ひとを竦《すく》ませるほどに冷たい、目。

いったいどういう人間なのだろう。

……どんな人間だって、いいか。

次には思い直した。そういうことならこっちだって無視すればすむだけ。もともと学校なんか気が向いた時に来るだけだし、物理の授業はふければいい。

いや、それも腹立つから、いっそ教室の最前列、教卓の前に坐ってあいつを一時間、凝《ぎょう》視《し》してやろうか。

それも無駄な気がした。関わり合わないほうがいい……。

授業に出る気なんかこれっぽっちもなかったので、未明はそのまま階段を下りた。

保健室を覗く。しかし無人。「保健医離席中」の札が机に置いてある。

不良医者がよ。ますますつまらなくなって、未明は早々に下校することにした。


どうにも悔しかったが、翌日も未明は登校した。

「よお、古澤。どういう風の吹き回し？　二日連続でご出勤とは」

教室にいることを驚かれる身になっていたのか。声をかけてきたクラスメートに、

「とりあえず、推薦やばくなると困るからさ」

軽く答えると、

「ええっ、お前進学する気だったの?」

いっそう驚かれ、未明は苦笑した。

実のところ、進路など考えていない。

大学生になった自分、なんていうものは想像できないし、それ以前に二十歳の自分すら考えられない。

『俺、夭折《ようせつ》するからさ』

前にヒロキにそう言ったら、

『バーカ。夭折ってのはな、なにか名を成した人間に使われる言葉なんだぜ』

笑われた。

どっちだっていいや。間違えて二十歳になったって、俺なんかどうせろくでもないんだろうし。

そんな予感だけがある。利那《せつな》を生きる毎日。明日のことなんか、知るか。

「なあ、物理って一限めだよな」

声をかけてきたクラスメートについでに訊く。

「お前……時間割も知らないわけ？」

呆れながらも、そうだと返ってきた。

そういうことなら。未明は立ち上がり、教卓の前に坐っていた奴の肩を叩いた。

「なんだよ？」

「席、替わって」

「はあ？」

相手は、外国語でも聞いたみたいな顔つきになったが、未明が真顔でいるのを知ると、

「いいよ。ラッキーじゃん」

一時間だけだと念を押し、未明はその席に坐った。

昨日考えて頓挫《とんざ》した「作戦」を結局実行することにしたのには、なにか理由があったわけではない。

いや、理由ならあるか。棚橋の感情を、いっときでいいから動かしてみたいという衝動。

そうじゃなきゃ、悔しくてやっていられない。

やがて教室の戸が開く。白衣姿の棚橋が現れた。

あい変わらずクラスは騒がしかったが、注意するでもなく教壇に上がる。

なんとかその視線をとらえようと、未明はまっすぐ棚橋を見た。

テキストを置く前、気づいたらしい棚橋がちらりとこちらを見た。そのまま、「七八ペー

ジを開いて」、機械のような声で言う。

末明がそこに坐っていることなんか、なんとも思っていないふうに見えた。

失敗。でもまだ先がある。末明は組んだ手の上に顎を乗せ、ひたすら棚橋を見つめ続けた。

功を奏してか、授業の間、三度、目が合った。

だがそれだけである。棚橋は顔色一つ変えずに授業を進めていく。運動量と力について。なにがなんだか、さっぱり判らない。

こっち見ろよ、こっち見ろよ、こっち見ろよ。

ベクトルとスカラーなどそっちのけで、末明はひたすらそれだけを念じた。

なんでそんなにむきになっているのかも、もはや判らない。ただ、棚橋の関心をひきたかった。

だが三回目が合っただけで、無情なチャイムが鳴る。ほとんど誰も聞いていない授業の終わり。棚橋はテキストを閉じ、「終わります」とだけ言う。

そのまま教壇を下りかけたところで、ふとこちらを見た。

末明の心臓がずきんと跳ね上がる。

「黒板消しといて下さい」

そっけなくそれだけ言い、棚橋は教室を出て行った。

末明は立ち上がった。廊下に出て、棚橋を追う。

「センちゃーん」

呼ぶが、棚橋は振り返らない。

「センちゃんてば、センちゃーん」

やっとのことでこちらを見た。

「君か。君には黒板消すように言ったはずなんだが」

「あれ、俺に言ったんだったの？　センちゃん」

「……。他の誰だと？」

「俺の名前憶えてる？　センちゃん」

「三年A組、古澤末明」

冷ややかな声で棚橋は言う。

「じゃ、名指ししてくんなきゃ、センちゃんも」

「君に言われたくない。俺は『センちゃん』などと呼ばれる筋合いはないんでね」

「あれ、そう？　じゃ、俺もタナさんって呼んでいい？」

棚橋の表情が、僅《わず》かに変わった。しかしいいほうへの変換ではない。眇《すが》めた目にきらり
冷たい光が走ると、

「いいかげんにしろ」

低い声。未明はその場に竦んだ。

「なんで俺が、君と友達づきあいをしなければならないと？」

「――オンちゃんとは、友達なんだ？」

その冷たさに多少気後れはしたものの、未明は負けずに言い返す。

「俺の交友関係など、君には関係ない」

すっぱりと切るように棚橋は言い、怯《ひる》んだ未明を見下ろす。なんの感情もまじえない表情。

その目が、ふっと細められた。

「戻って、黒板消しなさい」

先ほどよりは、よほど柔らかな口調。それゆえにこそ、未明には棚橋の真意が判らなくなる。

「返事は？」

「あ、はい」

「よろしい」

棚橋の口許が、ふいに綻《ほころ》んだ。

どきんとして、未明はその表情に見入る。

それは、笑顔ともいえないような笑顔だったのだが。

いい顔できるんじゃん。しかし次の瞬間、棚橋はもとの凍りついた顔で、

「じゃ」

白衣の裾を翻《ひるがえ》した。

残されて未明は一人になる。

教室に戻る気には、なれない。

そのまま階段を上がり、屋上に出る。

柵に凭れて、ポケットを探った。ラッキーストライク。いつもの銘柄。

ライターで火をつける。深く煙を吸い込んでから青空に向かって吐き出す。喫煙歴は中一からだが、それほどのヘビースモーカーではない。吸わなければ吸わないでやっていける。

だが、今みたいな気分の時は、つい煙草に頼りたくなってしまう。

思いがけず見た、棚橋の表情の変化に、心臓が高鳴っている。口許をゆるめただけで、あんな顔になるんだ。そう言ってよければ、暖かい顔……。

それがなんで、こんなに動揺させられることになるのだろう。変だよ俺。こんな気持ちって、その、恋?

莫迦々々しい。浮かんだ、その単語を、未明は頭を振って打ち消した。男が男に対して抱くのに、適切な感情とは思われない。恋なんて。

でも、だったら、なんで俺こんなにうずうずしているんだろう……。

五月の青空に、煙はゆらゆらとたなびき、吸い込まれていった。

4

薄昏い店内に、旧い洋楽が流れている。八十年代にディスコではやったような音楽。あまり関心はない。しかし、フロアでは若い男女が、ノリノリで踊っている。

「おめでたい連中だな」

バドワイザーの瓶を傾けながら、ヒロキがうんざりした顔でフロアのほうを見やる。

「クスリでもキメてんじゃないの？」

未明も同じく、テーブルに肘をついて答えた。未明の前にはモスコミュール。二人の灰皿は既に吸い殻で底が見えなくなっている。ヒロキは本物のスモーカーだ。

「キメるとダサくなるクスリ、キメてるってか」

瓶を置いて、ヒロキは嗤《わら》った。ダビドフ・マグナムのヘビーユーザーだが、その手の薬は使っていない。常用していない、というだけで、何度かパーティに参加したことはあるみたいだが。

「クスリなんてなにが面白いんだか」

踊る連中を莫迦にしたように言い、ダビドフに手を伸ばす。

「吸わないの？」

末明を促した。

「十七歳ですから」

末明も笑って、ラッキーストライクを取り出した。

「お堅いことで。現役高校生……あ、そういやさ」

ヒロキはなにか思い出したように言う。

「こないだ、お前んとこの先公と鉢合わせしただろ」

棚橋のことを持ち出され、末明は一瞬答えに詰まった。

「う、うん」

「お前が帰ってから、あいつと話したんだよ」

「え」

末明はどきりとした。

「棚橋と？」

「いや違う……売ろうとしてた奴のほう。棚橋ってのか、あの先公」

「そうだけど……で、なんだって？」

「お前んちのセンちゃんとやら、相当な奴らしいぜ？」

ヒロキはにやりとした。

「縛っていいかって訊いてきたってさ」

「えっ」

末明は驚いた。

「それって、つまり……」

「Sってことだな」

ヒロキはあっさり言い、煙を吐いた。

「けっこうソフトで紳士的な人だったたって言ってってけど。紳士なサディストって、そりゃなんなんだよってての」

「で、いくらぐらい出すって？」

「いくらだったたっけかな。あ、そうだ、モーサム行く？　チケットあんだ」

「行く行く……で、他には？」

末明としては、なるべく棚橋のことを知りたい。しかし、ヒロキはあっさりしたもので、もう「お前んちの先公」のことなどなかったように好きなバンドの話へ持っていく。

話題がころころ変わるのは、ヒロキの常だ。「感情がない」から一つのことに集中できないという。感動することもないらしい。

『暴力ばっか受けてっとな』

とヒロキは言う。

『嬉しいとか、愉しいとかいう気持ちがなくなるんだよ』

一度、無惨に残る虐待の痕《あと》を見せてくれたことがある。殴られすぎて色素が沈澱し、黒ずんだままの腹。煙草を押しつけられたとおぼしき、火傷《やけど》の痕。

背中一面にそれを見て、未明は正直なところ怯んだ。

だから、とヒロキは続けたものだ。俺感動しねえの。CD買ったって、聴くのはどの曲でも最初のほうだけ。持続しねえんだよ、いい曲だって思う気持ちが。

そんなもんなのかなあと未明は思う。俺はけっこう愉しくやっている。人生なんてこんなもんでOKなんじゃないかと思っているけど、喜怒哀楽はちゃんとある。

それは、暴力の有無の差なのだろうか。そんなヒロキからすれば、金持ちだが愛はない家庭、なんてまだまだ贅沢なのだろう。少なくとも未明は、虐待は受けていないから。

「あーあ、なんか面白いことないかな」

そしてこの店にもすっかり飽きたらしく、ヒロキは伸びをして言う。

「お前は、なにやったってつまんないいんじゃないの」

未明は混ぜっ返した。

「だな。河岸変えるか」

「いいよ」

二人は立ち上がった。

「なあ、さっきの話だけど」

電飾きらめく街に出ると、未明はヒロキに話しかけた。

「さっきの？」

「うちの先公の話」

「ん？　なんだっけ」

「縛りもありだとか」

「そうそう。とんだ変態だな。お前、脅してみたら？　赤点が一個減るかもしんないぜ？」

「……」

脅しなら、とっくにかけたのだ。

「なに」

「――勝手にしろってさ」

黙っていても、ヒロキの鋭い目には判ってしまうと思った。

「ああ？」

ヒロキは目を眇め、意味が判らないといったふうに首を傾げる。

「だからさ、言ったんだよ」

「言ったのか！」

弾けるような笑い声が、街の喧噪《けんそう》の中に散っていく。

「したら、勝手にしろって？」

「誰に知られるのも、べつに平気みたいだぜ？」

「ふうん。それはまた、豪傑だな」

「単に自分の立場に執着してないだけだろ。先公ったって臨時だし」

「ふん、そうなん？」

「前の物理の奴がダメダメでさ、誰もボクの授業聴いてくんないのー、なんつって泣いて出てこなくなっちゃったからさ」

「……どんな教師だよ」

「そんな教師なんだよ」

「ろくな学校じゃねえな、先公も生徒も」

「だから、最初っからそう言ってんじゃん」

初めて会った時、高校生だと自己紹介した未明に、ヒロキは校名を訊いてきたのだ。へえ、有名じゃん。バカ学校としてね、と未明は返し、ヒロキは爆笑した。あれは、どこの店だっけか。

もうない店かもしれない。不景気とやらで、この街の栄枯盛衰も烈しい。昨日まであっ

た店に、今日は閉店の札がかかっていたりする。元気なのは、

「フーゾクでも行く？」

そう、風俗店だけだ。

「え」

「そういや、ミメイとはまだソープもヘルスも行ったことなかったな」

ヒロキは面白いことを見つけた時の顔になる。

「えー。いいよ俺は」

「なんだよ。タマってんだろ？　一発抜きにいこうぜ」

「タマってないし、抜かなくていい」

「なにそれ。ひょっとして童貞？　ミメイ」

「んなわけないだろ」

初体験は中二の時。まだ、別の街で遊んでいた頃だ。誰かのバースデーパーティだとかいって、女の子も呼んだマンションの部屋。ビールとワインで酔っぱらって、気づいたら女の子が上に乗っていた。

それがセックスだ、ということに気づいたのは射精した後。中出し、チョー最悪と言われたが、仕掛けてきたのは自分のほうじゃんか。

でもだいじょうぶ、安全日だから。

それは本当だったらしく、未明は中学生で父親になる境遇からはどうにか逃れた。

それから、それなりに経験だけは積んできた。

しかし、一人の女の子にはまったことはまだ、ない。

「ふうん。恋愛経験ないのか？　ミメイ」

話を聞くと、ヒロキは言った。

「なくはないけど……」

「けど？」

「片思いだった」

本日二度目の爆笑。

「なんだよ」

「いやいや。可愛い、可愛いよミメイ」

「そういうヒロキはどうなわけ？」

未明は逆襲する。

「セックスは好きだけど、女には興味ないかな」

「えっ」

思わずひいた未明に、バカ、とヒロキは顔をしかめる。

「そういう意味じゃねえよ。男にだって興味なんかねえよ」

吐き捨てるように言うヒロキからは、興味ない、以上のなにかが感じられた。

だが、それを言い出せる相手でもない。

「要するにHしたいだけなんだ？」

「端的に言うとそうかな」

「うわ、サイテー」

「サイテーだねえ。でも事実だから」

やはりそこには、「感情がない」ことが作用しているのだろうか。そんなこと、怖くて訊けないが。

「特に今ぐらいの季節になるとさ、なんかこう、来ない？」

「来るって？」

「ヤリたくてたまんなくなるの。もう、穴さえあれば誰でもいい、って感じでさ。ならない？」

「……。ならねえよ、猫じゃあるまいし」

「いや、俺、前世、意外と猫かもな」

「今だってケダモノじゃんか、じゅうぶん」

「否定はできねえな」

まったく、と呆れる末明をよそに、ヒロキはファッションマッサージの店の前で立ち止まる。

「ここがいいかな。お値段も手頃だし」

ピンク色のネオンに縁取られた看板。ありがちな風俗店。しかしその名前が「ミニモミ」。

「……。ベタすぎないか？」

「ベタぐらいでちょうどいいんだよ。いやマジ、可愛い子がいるんだって」

「単なる常連やん！」

「常連ってわけでもないけどさ」

ヒロキは鼻の下を擦《こす》った。気に入った女の子が、本当にいるとみた。

「せめてキャバクラにしない？」

言ってみたが、

「あ、いいよ？　俺はどっちでも」

とあっさりしている。

さすがに感情のない男。執着はしない。

「但し、お前持ちね」

「そりゃまあ、いいけどさ」

どうせ父親のプラチナカードで支払うだけである。

「どっこにしようかなー。おごりだからいい店がいいなあ。金持ちの友達持つとラッキーしていた。

「だよな」

浮かれてスキップするヒロキを呆れて見やりながら、未明はさっき聞いた言葉を思い出していた。

サディスト、と聞けば納得しないでもない。棚橋のあの、冷ややかな眼差し、突き放す態度。

他人の性向に意見する気はないが、教師が、いくら臨時雇いとはいえ人を導く立場にある者が、盛り場で男など買っていていいものだろうか。

棚橋に買われかけていた、あの少年のことが脳裏に蘇《よみがえ》る。顔までは見えなかったが、華奢《きゃしゃ》な身体つき。たぶん未成年。

そんな少年を手に入れて、いったい棚橋はどんな行為をしようとしていたのだろう。

なぜだかは判らない。それを想像した時、ちりっと胸に焼けつくような思いが過ぎった。鈍くて熱い、それは、嫉妬、と呼ばれる感情であることに気づいて未明ははっとする。

嫉妬？　俺が、あいつに嫉妬？

……違う。焼けるようなその気持ちは、少年に対するそれである。

――俺、あいつのこと……？

目裏に棚橋の顔が浮かんでいる。

まさか。まさかそんな……。

好き、なわけがない。あんな奴。傲慢《ごうまん》なサディスト。ホモの変態。

なによりこちらを見下ろしてくる、あの侮蔑《ぶべつ》するような眼差し……。

好きになんて、なる理由がない。

ただちょっと、興味を持っているってだけだ。変態の生態ってやつに。

最後には無理矢理自分に言い聞かせ、未明は思考を打ち切った。そうでなければ、どこまでも続く感情のスパイラルに飲み込まれてしまう……。

だがあの、凍りつくような視線の毒は、なかなか離れてくれなかった。


五月の教室に、窓枠の形の影が落ちている。

その窓に凭れて未明は、外を眺めていた。

「古澤、どうしちゃったわけ？」

隣の奴が肘をつついてくる。このあいだ話しかけてきたのとは違う奴だ。そんなに俺が学校に来ていたら変なのか。

「べつになにも」

気のない答えを返したが、相手は未明がよく遊んでいる街の名をあげて、

「遊び回ってんだろ？　あそこってそんな面白い？　オヤジ臭くねえか？」

「……べつに」

うざい。

「ヤバいクスリとか回ってきたりすんだろ？　そういやお前、進学なんだって？」

「……」

「やっぱな。遊んでる割にはけっこうできるもんな。学部とかもう決めてるわけ」

「さあ」

投げやりな返答ばかりしていたら、それが伝わったのか、相手はつまらなさそうな顔をして、それきり黙ってしまった。

ちなみに授業中である。古典の時間。三限目。しかしだいたい、教室はいつもこんな感じだ。枕草子のことなど、べつに誰も知りたくないとみえる。教室はたえずざわついていたが、面白くない授業の時はそれがひとしおだ。もっとも、愉しい授業なんてないわけだが。

未明にしてもそれは同じだ。教師の読む古文が、右から左へ流れていく。これでも、一定の順位をキープしてりゃ上に行けるのだから、わざわざ外部受験で大学に入ってくる奴など、きっと莫迦ばっかりだろう。

頬杖をついて外を見やる。いい天気。こんな日に学校に来るなんて、まぬけだな。しかし実際、昼間はあまり遊びたくない。どちらかというと、寝ている時間帯だ。オールで遊んで、誰もいないあの家に帰り着き、そのままダウン。

朝十時に家政婦が来るまで、だいたいそんな感じで過ぎていく。学校に行くか行かないかはその日の朝食で決める。目玉焼きの黄身がつぶれていたら、行く。サラダから染み出した水分が、同じ皿の上のトーストを侵蝕していたら、行く。

しかしあいにく、家政婦は料理上手でしかも手際がいい。黄身はいつも濃い色で盛り上がり、トーストは斜め半分に切り、立てるようにして皿の端に。

ホテルのルームサービスみたいな朝食が済んだら、あとは二度寝の体勢だ。で夕方になり、出かける。

だいたいそんな感じで毎日は過ぎていく。もちろんダブりたくはないので、試験の前には登校する。出席日数不足も考えて、三限目からとか午後からとか、適当につじつま合わせで登校。

ふざけてるよな。自分でも思う。社会のために、なんの役にも立っていない人種、それが学生。

いやバイトだとかボランティアやってる奴なんかはそれなりに役立っているのだろうが、幸か不幸か未明の周りの未成年はだいたい似たようなものだ。クラスの連中にしたってそうだ。たまに間違えて勉強熱心なのもいるが、眼中なし。そういうのは必ず、第一志望をすべって、仕方なく高校から入学してきた連中ときまっている。受け入れられなかった悔しさを、大学受験で晴らそうというのだろう。

そんな気持ちが、このところ判らなくもない未明だ。リベンジは人生の基本。

それというのも……。

未明ははたと視線を止めた。目の下の中庭に、見馴れた白衣姿が現れていた。

……。

「おい、古澤」

言ったのは教師ではなく、隣席の奴。教師は見てみないふりをしている。

それをいいことに、未明は教室から脱出した。畜生！　なぜだか猛然と昂奮している。マタドールを前にした闘牛みたいに。

しかし階段を駆け下りると、後はつとめて平静を保つ。中庭に出る頃には、ポケットに手を突っ込んで落ち着いて。

そうして、ベンチに腰を下ろした男のほうに近付く。

「よお、タナちゃん」

あえて軽薄な態度と口調で、声をかける。

棚橋は、言うまでもなく未明に気づいている。しかし、ひらひら手を振ってその前にいくまで、視線さえよこさない。

「ターナちゃん」

もう一度しつこく言うと、ようやく目を上げた。

「誰に言ってるんだ？」

表情は変わらないものの、声には苦《にが》いものが含まれている。

その鼻先に、未明は指をつきつけた。

「いいかげんにしろ。授業中だ」

「知ってるよ。でもタナちゃん、ヒマそうじゃん」

「授業がなければ暇だ。君は授業を受ければいい」

棚橋はうるさそうに未明の手を払いのける。

「そして俺の前からはけろって？　つれないなあ」

ややショックだったが、未明はけろっとした様子を崩さず、ベンチの前にしゃがみ込んだ。

「最近よく会うじゃん？　運命を感じない？」

「……。学校に来ていれば、誰だって俺と会う。君が来ないだけのことだ」

「そりゃそうだけどさ」

未明は足下の草をむしった。

「なんでタナちゃんはいつも、不機嫌なの？」

「俺はこれが、フラットな状態だが」

つい答えてしまったという感じなのだろう。棚橋は、言うとすぐ苦々しげに、

「なんでもいいから戻りなさい」

校舎を指した。

「そう言われても。もう出てきちゃったし。授業つまんねえんだよ」

「そんなことは俺には関係ない」

「俺はタナちゃんと話すほうが愉しいなあ。そういうのって、学校生活を送るにあたってはけっこう重大なことじゃない？」

「賛成はしかねる。だいたい君は、なんでいちいち俺の前に現れるんだ」

「そりゃあ、タナちゃんと話したいから」

「俺と、なにを話す？」

「いろいろ」

棚橋は信じられない、というふうに肩を竦めてみせた。

「考えられないな、いまどきの十代ってのは」

「そりゃこんなアホ学校だもん。真面目な態度とか行儀よくとか、求めるほうが無理じゃん？」

「求めていない」

棚橋はきっぱり言う。

「あ、そうか。そんなこと、授業してれば判るよね。誰も聞いてないもんねー」

「……」

「でも、気にすることないぜ？　全教科、だいたいあんな感じだから」

「気になどしていない」

やはり堅い声の返事。

手強《てごわ》いなあ。未明は内心落胆する。いつもなら、街中でなら、こんなことはない。二十代でも三十代でも、可愛い態度で親しげにくっついていけば、ドリンクの一杯ぐらいはおごって貰える。

「冷たいなあ、タナちゃん」

「君に優しくするいわれはない」

「えーっ、そう？　人にやさしくってブルハだって言ってんじゃん。タナちゃんてもろ、バンドブーム世代だろ」

「そんな音楽は聴かない」

腕組みをしたまま、棚橋は憮然と言う。

「あら。じゃあ、どんな音楽聴くの」

「マーラー……、君には関係ないことだ」

そっぽを向いた。

あ、なんか手応え。未明は上目に相手を窺った。

「マーラーって、音楽の時間とかによく聴かされるやつ？　へえ、タナちゃんてクラシック派なんだ」

目を見開いて。せいぜいかわいらしく見えるように。適度な媚《こ》びと生意気な態度。棚橋と話していたあの少年のことがちらと頭を過ぎる。

だが、棚橋はそこが限界だったようだ。

突然立ち上がると、未明を見下ろす。

「なにを考えているのか知らないが」

地を這ってくるような声音で言った。

「君とコミュニケーションをとる気は俺にはない。二度と近づくな」

「……けど」

「君がいなくならないなら、俺が去る。追いかけてきたりしないように。なにをやるか判らないからな」

「なにをって、やっぱＳＭ？」

じゅうぶん打ちひしがれてはいたが、最後の勇を鼓《こ》して未明は言ってみた。

棚橋の背中がぴたり止まった。

ゆっくり振り返る。氷の眼差しがゆっくりと未明を捉《とら》える。

「……それがなにか?」

冷ややかに言い、踵を返す。

今度は二度と振り向きもしないで去る棚橋を、未明はぼんやりと見送った。

ショックだった。


そりゃ、歓迎されるなんて思っちゃいなかったけど……あんな態度もないんじゃないの?

思わざるを得ない未明である。

面白くなかったので、そのまま下校した。なにやってんだ俺。莫迦みたい。

みたいじゃなくて本物の莫迦なのだ。押しても引いても動かない、ついでになにを考えているのかもいっさい判らない冷徹な男から、関心を引き出したくて馴れない媚びまで動員して、必死にアプローチしたあげくのこのざまだ。

そもそもなんで必死になってんの? こんなことに。

思考は、そこで立ち止まらざるを得なくなる。なんでって……。

恋という語がまた浮かび、未明は苦笑する。恋かよ、これが。こんなわけ判んない感情が。

そういえば俺、今まで誰にも恋したことなんか、ないぞ。

稚い頃は親の関心をひきたくて、幼稚園一可愛いと噂の女の子から誕生パーティに招待されても断った。ちょうど、母親が家にいる日だったのだ。

そうまでして、べつに母親からかまわれたわけではない。リビングで雑誌を読んでいる母親の足下にまとわりついて、ねえねえお母さん、としきりに話しかけてみた。無視。試《ため》しにママ、と読んでみたら紙面から目を離し、

『ママじゃなくて、お母さんでしょう』

やっと返ってきた反応がそれ。お受験を控えて、母親は未明の教育に熱心だったのだ。

むろん自ら指導したわけもない。週に三回の塾と家庭教師。未明のスケジュールはいつでもパンパンだ。なにを教わったのか、どんな宿題があったのかも、もう憶えてはいない。

憶えているのは、そうまでして臨《のぞ》んだ入学試験にすべったことだ。

とたんに母親は未明に関心を払わなくなった。まったく、この子は。私に恥をかかせて。

母親が父親を問いつめているのも見たことがある。珍しく両親とも家にいた日だ。しかし、雰囲気は最悪。

あなたが、と母親は言っていた。あちこちに愛人こさえたりしてるから、だから受験に失敗したのよ。

君に言われたくないね、と父親は切り返していた。毎日毎日、買い物だパーティだフラワーアレンジメント教室だって、遊び歩いてばかりじゃないか。

夫婦は互いに未明に対する責任を押しつけ合い、どちらも受験に失敗した息子を引き受けたくはないようだった。

母親が若い愛人を作ったのは、ちょうどその頃ではなかったかと思う。いちだんと増えた外出、内緒の電話。まだ携帯のない時代だ。ひそひそ声で誰かと話しているのを何度か目撃した……。

いいけどね。

ともかく未明は、第二志望の学校……今通っている学校だ……になんとか入学を果たし、立派な不良息子に育った。

が、息子が不良かどうかなど、両親は知らないのではないか。徹底した無関心が、広い家を冷え冷えと満たしている。

いつからか、そんな状態にもなじんで、未明は孤独という名の相棒を飼い馴らしている。家に帰れば一人だ。好きなだけ昼寝をキメて、夜になったらいつものように遊びに出かけ……そして相棒を遠くに追いやればいい。

しかし、足は家の方には向かわず、未明はふだんあまり行ったことのない駅で降りた。

ぶらぶらとメインストリートを歩く。若者が多い。制服姿もあちこちで目につく。みんなろくでもねえな。

人のことは言えないか。自分の制服を眺め下ろし、自分でつっこむ。せめてブレザーは脱いでおくか。

脱いだブレザーを鞄の取っ手の間に押し込み、特にあてもなく通りをふらふらしていると、ＣＤショップが目にとまった。

未明は店の看板を見上げた。洋楽中心の店。二階がクラシック専門フロアらしい。

自然と二階に足が向いていた。階段を上がり、きょろきょろする。ピアノ曲、バイオリン、フルート。どこから、なにを手がかりに探せばいいのか判らない。

未明は、中央のカウンターに近づいた。

「あの」

中にいた、茶髪の兄ちゃんに声をかける。

「マーラーってありますか？」

店員はちょっと首を傾げたが、すぐに頷いて、カウンターから出てきた。

「交響曲」と索引の出たコーナーへ未明を導く。

「ここからがマーラーになります」

未明は礼を言って、CDを手に取った。「Gustav Maler 交響曲第二番 ハ短調」というタイトルにも「ニューヨーク・フィルハーモニー」にもなんら興味はない。

しかし結局、それを手に取ってレジへ向かう。

さっきの兄ちゃんに、「これお願いします」とCDを差し出した。

ビニール袋を鞄に突っ込んで店を出る。五月の風は柔らかく、膚をさらさらと流れていく。

なにやってんだ俺、という先ほどからの自問にはまだ答えを見ていなかったが、未明はなんとなく満足したような気になっていた。


デッキにCDを入れる。

ボタンを押す。

ゆったりとした管弦が流れ出す。いつも聴いているノイズオンリーのロックではない、クラシックなんか聴いちゃってる俺、という画を想像するだに笑える。

曲はゆるやかにうねりながら、部屋の中に煙のように満ちてゆく。

ベッドに凭れて耳を傾けながら、未明はついている解説書に目を落とした。

「……死者の生涯の中の至福《しふく》の瞬間……喪われてしまった無邪気さへの哀愁に満ちた追

憶」

なんだよ道理でクラいと思ったさ。だが解説によると、この曲には「復活」というタイトルがふられているらしい。

復活、ねえ。

棚橋は、と思った。いっつもこういうの聴いてんだろうか。

あいつの至福の瞬間ってどんな時間のことだろう。

男を買って、サディスティックな行為に耽《ふけ》っている時か。それとも、こういう音楽を聴いている瞬間か。

……愉しいことって、あんの？

なにが欲しいの？　どこに行きたいの？

腹の中で問いかけ、それがそのまま自分自身にもあてはまることに気づき、未明ははっとした。

――愉しいことって、なんだろう。

夜の街で、ヒロキとつるんで遊んでいる時？　莫迦な連中と騒いでいる時？

……どれも至福などとはほど遠い。そんなのはただ、時間がダダ流れになっているというだけ。その時は面白くても、一人で家に帰れば空しくなる。愉しかったぶん、よけい空しい。

……欲しいものは……。

なんだろう。

心のどこかにカチッとスイッチが入ったのが判った。これ以上考えてはならないことを考えている、という忠告のランプが点滅する。

一度落ちれば、果てしなく落ちていく思考の底は、どんよりと黒く、昏《くら》い。

そんなのは厭だ。

俺はいつだって、愉快にやっていたい。

なにも悩みなんかありませんって顔でへらへらしていたい。

……欲しいものは、それだけだ。安寧《あんねい》。

こつんとベッドヘッドに頭をぶつけると、突如として荘厳《そうごん》なアルトの声が流れ出した。どことなく敬虔《けいけん》な気持ちにさせる、その独唱を、未明は考えることのなくなった頭の洞《うろ》に響かせていた。


音楽室から、音が漏れてくる。

未明は足を止めた。ひんやりした西校舎には、特別教室が多い。よって、あまり生徒がいない。うまくすれば空き教室で昼寝を決め込むこともできる。

それにしても。

音楽室は完全防音のはずである。いったいなんで、と思う間もなく答が見つかった。

ドアが細めに開いているのだ。

？

未明は用心深く教室に近付いてゆく。

近付くうちに、漏れている音が聴き憶えのあるものだと判る。

それもごく最近……。

もしかしたら。

未明の心音は高まった。そろりとドアに手をかけ、開く。

果たせるかな真ん中あたりの席に、その姿があった。

棚橋は腕を組んで目を閉じている。聴き入っているということなのだろう。シンフォニーの荘厳な調べに身をゆだねている。

未明はそろそろとそちらへ近づいていった。

足音を忍ばせ、気づかれないようにしずしずと。

そして、棚橋のすぐ前の卓に腰をかけると、椅子越しに棚橋の鼻をつついた。

びくりと身動《みじろ》ぎをする。はっと開かれた目が未明を認めてさらに驚きに見開かれる。

「――君か」

そして苦々しげに言う。

「どこにでも現れるんだな、君は」

「だって戸、開いてたぜ？」

とりあえず追い払われなかったことにほっとして、未明は椅子の背に足を乗せた。

「気づいて下さいといわんばかりに……タナちゃん、こんなとこでサボってちゃだめじゃん」

「昼休みだ……それに、君には言われたくないと思うが」

珍しくユーモアを感じさせる口調に、未明は身を乗り出した。

「『交響曲二番　ハ短調』」

棚橋の顔がさらに意外そうに瞠《みは》られた。してやったり。未明は腹の中でほくそ笑む。

「俺だってね、クラシックぐらい聴くんだよな」

「そうか。いい趣味だ」

自分が言ったことで未明がマーラーを聴いたと、判っていないはずはないのに棚橋はそっけない。

「いい趣味なんだよねえ。なかなかよかったよ、ニューヨーク・フィル」

整った顔がやや歪むと、

「第二番はベルリン・フィルハーモニーで聴くべきだ」

怒ったように言う。

「え、そうなの？」

「一八九五年、ベルリン初演。マーラー自身が振っている」

棚橋は唇を歪めた。

「そんなことも知らないのか」

「知らないよ、にわかファンだもん」

未明は上履きで棚橋の腕をつついた。

身を退《ひ》いてよけながら、棚橋はむっとした顔になる。

「第一番がほとんど認められなかったから、この二番の成功で、マーラーは作曲家として認識されるようになる。『復活』というネーミングは、マーラーが尊敬してやまなかった指揮者ハンス・フォン・ビューローの葬儀の際に……」

言いかけ、はっとしたように口を閉ざした。

「——そのくらい予習してから聴け」

マーラーを語っていた時の熱っぽさは消え、いつものように淡々と言う。無感動な声。しかし、その首筋が赤く染まっているのを未明は見逃さなかった。動揺してる、動揺してる。

「えー、俺タナちゃんから教わるほうがいいな」

で、未明は未明で、軽薄な態度をここぞとばかりにとる。

「教えてよ、そのハンバーグとかなんとかって指揮者がどうしたって？」

棚橋はむっと口を引き結んだ。

「ひとつ訊いていいか」

「なんなりと」

「なぜ君は、俺の前に現れる？　いつもいつも、土足で上がり込んでくるような無礼さで」

上げた目が、鋭く未明を捉えている。首筋の赤みは消えてはいない。

未明に土足で上がられて、つい相手になってしまった自分に照れているのだ。

他人など関係ないとばかりに氷のバリアで鎧《よろ》っていたのが、崩れかけている。

体勢を立て直そうと、棚橋は棚橋なりに必死なのだろう。

「なにがおかしい」

ふいと唇を綻ばせた未明に、怒った声が言う。

「いや？　タナちゃんも可愛いところあるんだなって」

「……。冗談は俺のいないところで言え。不愉快だ」

「いいじゃん、マーラーの話ができる相手なんて、うちの学校に他にいないよ？　きっと」

「他にいなくても、君とは話したくない」

「つれないなあ。俺はこんなに、タナちゃんと喋りたいのに」

その言葉に、棚橋は長い眉をキッとつり上げた。

「だから。理由を言えと言ってるだろう。俺になぜ近づく？」

「そりゃもちろん、好きだから」

思いがけずその言葉が、するっと出てしまった。

棚橋の表情は動かない。透き通ったガラスの眸《ひとみ》で、あい変わらずこちらを凝視している。

「ふざけるな」

「ふざけてなんかないよ？　俺ほんとにタナちゃんのことが――」

言いかけた言葉が、途中で塞がれた。

立ち上がり、未明の腕を邪険に摑み、棚橋は机越しに烈しいキスをしかけてくる。

一瞬、なにをされているのか判らなかった。

棚橋の、あのセクシーな唇が自分のそれを蔽《おお》っている……ことをようやく理解したのは、唇を噛まれた時。

「っ」

「――大人を揶揄うとこうなるんだ」

棚橋は表情一つ変えないで言う。

未明は唇に触れた。噛まれたあとが……痛い。

「俺がどういう人間か知らないで、そういうたわごとを言ってみた……なんてわけはないな、君に限っては」

「タナちゃ……」

「迷惑だ。俺につきまとうな。何回言ったら判るんだ」

棚橋はゆっくり、立ち上がった。

未明はぼんやりと、それを眺める。

ばたんと扉が閉まり、白衣の背中がその向こう側に消えていくまで見ていた。

唇が熱い。未明は再びそこに触れてみた。

棚橋の残した熱が、まだそこで疼《うず》いている。

心臓は烈しく脈打ち、動揺なのか納得なのか相反した二つの感情がそこでせめぎあう。

……タナちゃんと、キスを……。

してしまった。シチュエーションはどうあれ、紛れもなく触れ合った。

けれど、それだけ。

唇はからまったが、心までそうなったわけじゃない。キスしたばかりの相手なのに、誰より遠い。

こんなのは厭だ……。

もっと心を通わせ合いたかったのだ。

愉しげにマーラーの話をしていた棚橋と、ほんの少しは近づいたような気がしていたの

に。

キスしたことで、却《かえ》って遠くなってしまった……。

棚橋の性向は、既に未明の知るところである。

そして未明が知っている、ということを棚橋も知っている。

だからあんな行為に及んだのだろう。

未明は俯いた。こんなのは……再び繰り返す。

自分の、棚橋に向かう感情がなんであるか、未明は既に自覚している。惹かれている。

これは事実。

だから、気になって、追いかけずにはいられなくなって……それでも最初は、興味半分の面白半分だったのだ。

それがいつかしら、本気になっている事実。

たぶん……。

棚橋も自分と同じ人種だからだ。きっと寂しさを抱えながら他人との距離を測りかねている。

棚橋の抱えた寂しさが、なんなのかはもちろん未明には判らない。

けれど、もっと判りあえるような気がした……一瞬だけ。

一瞬ということは、気のせいだったのかもしれない。

がっかりして、末明は棚橋が坐っていた席に腰を下ろした。

棚橋の温もりが、うっすら残る椅子。

卓に突っ伏した。

五楽章の合唱が、季節はずれの蝉時雨のように視聴覚室に降りしきっている。


授業を受ける気がしなくなったので、いつものようにいつもの場所へ向かう。

と、保健室の前で不審な生徒を一人発見。

ネクタイの色で一年だと判る。前をうろうろしながら、時々中をつま先立って覗いたりしている。

ははあ。

末明はにやりとした。その行動の源が、どこから来ているか判った気がしていた。

一年生は、保健室の前をうろつきながら、入ろうか入るまいか思案している様子だ。

末明は、わざと足音を立てて保健室に近づいて行った。

「よお」

声をかける。きわめてフレンドリーに。

の、つもりだったのだが、一年生は飛び上がった。

「入らないの？　どっか悪いんじゃねえの？」

扉を指す。

「い、い、いえっ、あの」

一年生は思いっきり動揺した体で身を退《ひ》く。

回れ右をすると、一目散に廊下を駆けていってしまった。

やれやれ。

未明は迷いなく扉を開く。

「お」

恩田は机の上に足を乗せて漫画雑誌を読んでいたが、未明に気づくと片手を上げて挨拶をよこした。

「オンちゃん、やばいよ、さすがにそれは」

未明は呆れて、恩田の姿勢を注意したのだが、

「ん？　そうかね」

自分ではそれがごく自然体のつもりなのだろう。

非難されてやっと、机から足をおろした。

「オンちゃん……やる気ある？」

「あるさあ。俺はいつだってやる気満々だよ？　ってなにに？」

　未明は失笑してしまった。恩田は雑誌を机に置くと、未明に椅子をすすめる。

「今さっき、一年の奴が入りたそうにしていたぜ？」

　いつものように、紅茶を淹《い》れようと立ち上がる恩田の背中に向かって言う。

「入りたそうとは？」

「だから、前でうろついてんの」

「？　よく判らない心理ですね。お腹が痛いけど、保健室に来るまでもないな、でもやっぱチョー痛いわ……だったら入ってこないと。授業中に虫垂炎《ちゅうすいえん》で倒れられたって、俺には責任とれませんし」

「だから……そういう意味じゃなくてさ」

　未明はじりじりして言った。まったく、この男の鈍さときたら。いやしかし、これで案外鋭い奴だ。判っていて、判らないふりでいるのかもしれない。

「大変だな」

　で、言ってやった。

「ん。なにが」

「オンちゃんを好きになる奴は、大変だ」

「わははははは」

　なんのつもりか、恩田はレンジに凭れて大笑いする。

「なんだよ」

「いやいや……一年Dルーム、宮園くんでしょう、それは」

「……。知ってんじゃねえか！」

「入学直後に体育の時間、腕に怪我してね。運び込まれてきたんだわ」

「で、包帯を巻いてくれたすてきな保健の先生にひと目惚れしたって?」

「ははは。判んないよ、そんなこと」

「だってあいつ、この界隈ちょろちょろするの、初めてでもなさそうな感じだったけど?」

「時々ね、来て喋っていく。君と同じですよ」

「じゃあ、毎日うろうろしてんだな。で勇気が出た時だけここノックするんだよ」

察してやれよ、と未明は半ば責める口調になったが、恩田はあい変わらずのらりくらりと、

「そんなもの。古澤君の推察だけぐらいで、なにを察知していいものか」

「推察じゃねえよ」

「なに、インタビューしたの」

「んなわけねえだろ」

言いながら、未明は一D・宮園の気持ちを代弁できる理由に思い当たって苦い気持ちになる。

俺だって同じ。追いかけてる相手がいるから、あいつの気持ちが判るんだ。追いかける相手に、手応えがないのはあいつも俺も同じ……。

「怖い顔」

つい、恩田に棚橋を投影させていたらしい。恩田はカップを持って机に来ると、肩をすぼめて笑う。

「気になりますか、宮園君のことがそんなに」

「んなわけねえだろ。俺には俺の、オリジナルな悩みがあるんだよ」

「ほほう」

恩田は、カップを口に運びながら面白がるように言った。

「古澤君の悩みとは、これいかに」

「……。オンちゃん、俺、棚橋とキスした」

もっと驚くかと思ったが、恩田は紅茶を噴き出したりもせず、

「なるほど」

と納得顔だ。

「なるほど、じゃねえだろ。生徒が教師に無理矢理唇を奪われたんだよ?」

「無理矢理に?　それはまたいったい」

恩田は初めて、興味をそそられたように言う。

「音楽室に、あいつがいたんだよ。それで入って、ちょっと話して」

結果的に自分が挑発した形だとは、さすがに言えない。

「そしたら急に？」

「急に、がばーっと来たんだよ」

「でも、古澤君は男の子ですよ？」

「……。惚《とぼ》けんなよ。あいつの性向なんて、とっくに判ってんだろ」

恩田は、困ったような照れているような顔になった。腕を組んで半笑い。なにかをはぐらかす時の表情だ。

「知ってんだろ？」

念を押すと、うーんと頭を掻いた。

「まあ、だいたいは」

ようやく認める。

「だったら判るだろ、あいつがどんな奴か」

「うーん。それで、古澤君の感想は？」

「感想って」

「悔しいとか哀しいとか、訴えてやる！　とか」

「……」

「どれでもないのかな」

「悔しいよ、けど……」

「けど？」

「……なんか感情があってのキスなら、こんな所でこんな話してない。俺を好きとか、逆に嫌いだとか」

「嫌いでキスはしないでしょう。つまり……なんだ？」

恩田は上を向いて思索のスタイルをとった。

「好きってことじゃないのかな」

「そんなキスじゃなかった！　俺めちゃめちゃ傷ついたもん」

「じゃあ、訴えてみますか。ここはひとつ」

「……そんなことは」

「いや判るよ」

自分で提案しておきながら、恩田はその話をまた自分で引き取る。

「訴えるとか、そういうことじゃないんだよね。古澤くんの理想は。好きだって言われたかったってことじゃないんですか」

「俺は……」

未明は迷った。男相手にこんな気持ちになるとは、思ってもみなかった。けれど、絡まり合った感情の行く末は、やはり一つである。

「そうかもしれない」

呟いた。

「けど、望み薄」

「だろうねえ」

恩田はゆっくり頷いた。

「タナさんは、人を閉め出してるようなところがありますから、心のどっかに」

「オンちゃんでも感じるの？」

「そりゃあ、まあ……って俺はキスしたことはないけどね」

「当たり前だよ」

愉し気に笑う恩田の顔を、恨めしい思いで見つめていた。

その笑顔がふと止んで、

「そうだね」

と言った。

「タナさんはやめておいたほうがいいかもしれない」

「……俺もそう思うよ、けど」

「好きになっちゃったんだ？」

未明は微かに頷いた。もう、自分の気持ちから目を逸らすことはできない。

「さて、どうしたものか」

うーんと首を捻る恩田に、

「やめとけって言うんなら、オンちゃん代わりに寝てくれる？　俺と」

試しに挑発してみる。

恩田は眉間《みけん》に皺を寄せてうーむと唸った。

「つまり、古澤君が求めるものは、愛情ではなくセックスだと」

「人と触れあいたいんだよ。そうでなきゃここにだって来ない」

冷え冷えとした家、コミュニケーションを拒否する棚橋。

それしか与えられていないなら、せめて膚の触れあいが欲しい。

以前なら考えられなかったことだ。他人に関心など持たぬよう、せいぜい自ら堅く鎧って、夜の街を泳いでいた。

それが、棚橋を知ったおかげでどんどん崩れてきている。プライドもなにもかも。関心を持ちたくないとうそぶく裏の寂しさまで剝き出しにされて。

「触れあうのはいいことだ。たとえ俺が第二志望だとしても」

「オンちゃん」

「まあ、厳しいけどね、それは。いくらなんでも」

恩田は飄々《ひょうひょう》と未明をかわすと、

「腕枕ぐらいならしてもいいよ？」

「なんで腕枕なんだよ」

「さあ」

「ちぇ、いいかげんなの」

未明はむくれた。

「まあまあ、冷めないうちに」

逸らすようにティーカップを勧める恩田。ほんとてきとうなんだもんな。

だが、その飄然としたところに、結局は救われているわけだ。報われない恋とかいろいろに。

「オンちゃんといると、なんかなにもかもどうでもよくなるよな」

で言ってみた。

「それはそれで問題だなあ」

恩田はやはり、困ったように言う。

「でもまあ、タナさんはやめときなさい。あんまり近づいたり、挑発しないように」

「なんで？　あいつなんかあんの？」

未明としては、忠告の根拠が欲しかった。棚橋の過去だとか、そんな情報。

しかし恩田はかぶりを振って、

「俺の二十八年間の人生経験が知らせるんだよ」

軽く言う。

絶対なんか知ってる……未明はほぼ確信したが、喋らないと決めたらあくまで喋らない、
恩田の特性も判っている。

「じゃ、こんど腕枕してよ」

紅茶を飲み終えて立ち上がりかけた時、保健室の扉ががらがらと開く音がした。

振り向いた瞬間、凍りつく。

棚橋が、立っていた。

「あ……」

「おお、タナさん。いいところに来た。お茶飲みます？」

恩田だけがいつもと変わらない様子。

棚橋は、氷の刃のような視線を、未明に向け、未明はそそくさと退散するしかない。

「俺帰るわ。ごちそうさん」

「はいはい。またどうぞー」

恩田の明るい声を背に、保健室を後にした。

しかし、棚橋の刺すような眼差しは、未明の脳裏にこびりついて離れなかった。

5

その日の夜。

未明はいつもの街のクラブにいた。

あまり来たことのない店だ。知らない顔も多い。

隅のほうの席で一人うだうだしていると、人の波をぬうようにしてこちらに歩いて来る影がある。

ヒロキだ。

スマートな身体を黒ずくめの衣装に包み、いつもとは違う印象。

「ミメイ、いた」

「お前なんだよ、その恰好。ホストでも始める気か？」

「単なる気分替えだよ……そういうこと言うと、教えてやんないぜ」

「なにをだよ」

「お前んとこのヘンタイ先生が来てる」

「――」

誰なのかは、聞かなくても判る。

「一人？」

「今のところは一人」

その意味は、教わった店の名前で判る。ゲイストリートにあるバー。

「売り専かよ」

「いや。ごくふつうの店……でも気が合ったら上で一戦どうぞってなってる」

「それは……」

「早く行かないと、トンビに油揚げさらわれちまうぜ？」

「誰が油揚げだよ、あんな奴」

未明は立ち上がった。

「なんだ、行かないの」

「行く」

たちまち弾けた笑い声を背に、未明は足早に店を出た。

ネオンで彩られたどぎつい街の光景が、ある曲がり角をふっと曲がるだけで静かになる。

闇に蠢く隠花植物のような店たち。

中ではもっとたくさんの思惑と欲望が蠢いているのだろう。

一人で歩くのは初めてだった。

往き交う男の一人一人にはっとしてしまう。

俺はそんな、偏見とかないつもりだったんだけどな。

どこかで線を引いていたのだろうか。

そうして見つけた小さなバーに、未明は足を踏み入れた。

とたんに、いくつもの視線を感じる。店内は薄昏く、いわば「値踏み」するには判りにくいのではないかと思うのだが、未明の若さだけは感じ取ったらしく、誰かがひゅうと口笛を吹いた。かわいい。

その声に、カウンターで飲んでいた男が反応して振り返る。

棚橋だった。

それを認め、未明はまっすぐそこに向かう。

「空《あ》いてる?」

隣のスツールは空《から》だったが、未明はあえて問うた。

「どうぞ」

そっけないともいえる最短の返答だったが、とりあえず拒絶されなかっただけで未明はほっとした。

「よく来るの?」

隣に腰を下ろしたが、出すべき言葉が見つからない。

結局、そんなまぬけな問いになってしまった。

「君よりはな」

「すげえ」

「なにが」

「タナちゃんて、本物だったんだ」

形のいい眉が、きっと上がった。

「君には言われたくないな」

「はは。そりゃそうだ」

今現在、その手の店でその手の男と並んで坐っている。

「昼間はどうも」

キスの件を蒸し返してみた。

「一本貰っていい？」

棚橋の前に置かれた、マルボロを指す。

「だめ」

「なんだよ」

「生徒に喫煙を勧める教師はいない」

「でも、いきなりキスしてくる教師もいないよ？」

未明が揶揄うと、棚橋は目を細め、不機嫌そうな顔になった。

「懲りてないのか」

「懲りるもなにも」

未明は肩を竦めてみせた。

「言ったじゃん、俺」

「俺に惚れてると？」

未明はこくんと小さく頷いた。

見下ろしてくる、棚橋の視線が痛い。

「ていうか、キスまでした仲なんだから、そうつれなくしないでよ」

未明はふざけるように言って、棚橋の腕に手をかけた。

口調は冗談めかしてはいるが、その実内心ではびくびくしている。どうかこの手を振り払われませんように。祈っている。

棚橋はじっと、摑まれた腕を見つめていたが、ふと視線を上げると、

「あんなのは本物のキスじゃない」

「じゃ、どういうのが本物なわけ？」

「……。誘ってるのか」

「どうだろう。タナちゃんの思った通り」

「そうか」

棚橋は未明の手を、あいている手で摑み返してきた。

「なら、上に行くか？」

上に行く、とはつまりそういう意味だ。気の合った同士がすぐにコトに及べるように、レンタルルームになっている。

「いいけど……縛りはなしだぜ？」

未明は揶揄と牽制、両方の意味で言ったのだが、

「いや。君はそういうタイプじゃないから」

それはそれでむっとする。なんなんだよ、俺。

「そ。じゃ、いいけど？」

ナメられたくない。そんな思いが未明をしてあっさりとOKを出させる。ヒロキが言っていた。

『グッドラック、ミメイ』

背中に弾けた言葉をなんとなく思い出す。

そうこうするうちに、棚橋はマスターと二言三言なにかやりとりをかわすと、こちらを振り返った。

「来いよ」

やや怒ったような声で言う。

未明は頷き、スツールを降りた。


「本物のキス」の味は濃厚だった。

部屋に入るや、棚橋は未明を抱き寄せて唇を重ねてきた。

唇だけではない。舌と舌を絡め合わす、貪《むさぼ》るようなキス。

棚橋の首に腕を回しながら、未明は伸び上がるようにしてそれに応えた。

「ん……」

舌を勁く吸われ。吸い上げられると、頭の芯までじんと痺れるようだ。

「こん……な、の」

ようやく唇が離れた隙に未明はあえぐ。

教師が生徒にしていいキスじゃない。

だが棚橋は再び口を塞いできた。未明の意見なんか無視。熱い舌で口腔内を掻き回し、んんっと苦しげにあえぐ未明をおもしろがるように、何度も何度も舌を吸い上げた。

そうしながら、背中に回した手が下へ降りてくる。未明の二つのふくらみを、揉むように愛撫する。

「ん……」

　普段あまり触れられない箇所を刺戟され、未明は下着の中で自身がこわばるのを感じた。

「もう勃ったのか」

　半分笑った声が耳許で言い、次いで穴に舌が入り込んでくる。

「ん、んあっ」

　耳の穴を舐められるのは初めてだった。ざらざらした舌の感触が出入りするだけで、未明は腰が砕けそうになる。

「やってほしいか？」

　耳への愛撫を続けながら棚橋が問う。

　学校で、生徒を指す時と寸分変わらぬ、冷たい声。

「あ、あ……」

「どうなんだよ」

　未明には経験がない。欲しいのか欲しくないのか、それがどんなに悦《い》いことなのかも知らない。

　どんなふうに行われるかの知識だけは、ある。

　男が男を受け入れる時、どこを使うのか、ということだ。

棚橋が今まさにその部位を揉んでいる。

ノーと答えれば、その場で解放されるのは判っている。

しかし、そうすれば二度と再び、棚橋と触れあうことはできなくなるだろう。

直感のようなものが、未明に告げていた。これを逃したら、棚橋とつながるチャンスはもう、ない。

応じれば、棚橋の中で自分は、他の奴らとは違う意味になる。少なくとも一度は寝た、ということで。

「古澤？」

決断を迫られ、未明はついに頷いた。

「やってくれよ……でも、痛いのはいやだぜ？」

「それは保証はしかねるが」

未明は知識として知っている限りの「男同士のセックス」に思いを馳せる。あんな場所にあんなモノを入れる。痛くないわけがない……。

さまざまに乱されている未明の胸中は、

「脱げよ」

という極めて直接的な命令でかき消される。

「タナちゃんが脱がしてくれるんじゃないの？」

「気分じゃない」

「……いろいろあるんだな」

　未明は躊躇したが、えいやっとばかりにTシャツを脱ぎ捨て、ジーンズのジッパーをおろした。

　どのみち同性相手なのだ。引っかかるような要素はない。男に裸を見られるくらいは……だが、

「脱いだけど？」

　全裸になって着衣のままの棚橋の前に立つのには、なぜか羞恥をおぼえてしまった。

「次、どうしたらいいの」

　ついそんな軽口が出てしまうのは、そうした恥ずかしさの表れだったのだろう。

　だが棚橋は、冷ややかな目で未明の全身を眺めおろす。

　値踏みされているようで、落ち着かない。

　未明がもじもじし始めた時、ようやく、

「ベッドに上がりなさい」

　次の指示が飛んできた。

「うつぶせになって、腰だけ上げろ」

　未明は耳を疑った。

いきなり挿《い》れるのかよ！　だが棚橋は冗談を言ったつもりはないらしい。腕を組んで、冷たくこちらを見ているだけだ。

「タナちゃんは、そのう、脱がないの？」

「俺の言ったことが聞こえなかったのか」

末明は仕方なく、壁際にあるベッドに腹這いになって、腰を上げる。

これじゃ犬猫と同じだよ……。

だが実際、棚橋は末明をそのように扱うつもりなのだろう。

静かにベッドに上がってくると、

「自分で拡げなさい」

うつぶせた末明の手を摑んだ。

「拡げる、って……」

「カマトトじゃないんだ、判るだろう」

いや判るが……考えたくなかっただけだ。

膝立ちの体勢に変わって、両手で自らの後孔を拡げる。

羞恥に、全身が火照《ほて》るのを感じた。

自分でも見たことのない場所を、棚橋の視線に晒している……そのことが、たまらなく恥ずかしい。

と、拡げた後門に冷やりとした感触を感じた。

「タ、タナちゃん」

恐れをなした未明に、

「入りやすくするためだ。君だって痛くないほうがいいだろう」

実験をする時のような声で言い、塗りつけたなにかで未明の後ろを探った。

最初は入り口だけだったが、やがてぬるりと中に忍んでくる。

「あ……っ」

自然と声が漏れていた。

違和感と羞恥心。両方ごっちゃになって、未明の声はうわずる。

「タナちゃん……そんなとこ」

触らないで、と訴えると背後で大きくためいきをつく気配がした。

「やっぱりバージンか」

「んなの、当たり前だろっ」

反射的に怒鳴って、未明は肩越しに棚橋を振り返る。

思いのほか困った顔つきに、未明はどきりとした。

「バージンとは寝ない主義なんだが」

「そんな。ここまで来て」

つい言ってしまった。誘うような科白《せりふ》。

「まあ、君がいいならそれでいい。今さらまた相手を見つけるのも面倒だしな」

棚橋がなにかのチューブを手にしているのを、未明は認めた。後ろに入れられているのはその中身なのだろう。

再び未明を這わせると、棚橋は指でさらに奥を穿《うが》つ。

ただ馴れない感触にとまどうばかりの未明だったが、その時身体のどこかに電流が走った。

「うわっ」

「前立腺だ」

その場所をこりこりと揉みほぐしながら棚橋が言う。

「タナちゃ……俺……ヘン……」

どういうメカニズムになっているのか、そこを刺戟されただけで未明は勃起してしまっていた。

「心配ない。男なら誰でも感じる所だ」

さらに指を動かされ、未明は、

「あーっ」

とのけ反ってしまった。

下腹部が熱い。

少しの刺戟だけだったのに、早くも怒張の先端から淫らな蜜がこぼれ、シーツに滴る。

「見どころはありそうだな」

指をさらに動かしながら棚橋は言い、指をひき抜いた。

「あ、んっ」

未明は自然と腰を突き出す形になる。棚橋の指で、もっと愛撫して欲しかったのだ。

「淫乱な臀だな」

含み笑いと衣服の擦れる気配。

やがて、後門に熱いなにかが押し当てられた。

「ああっ」

指など比較ではない。それは棚橋の雄だ。じゅうぶん以上な硬さと太さで、未明の身を竦ませる。

「……ひあっ」

あまりの痛みに、未明はついベッドをずり上がりそうになる。

その腰を摑んで、棚橋はさらに自分のほうに引きよせるようにした。

結合が深まり、ふたたび未明は悲鳴をあげることになる。

さっきまで勢いよく勃ち上がっていたものは、股間ですっかり力をなくしている。

だが棚橋にはそんなことはどうだっていいのだろう。

「全部入ったぞ」

言うと、臀朶《しりたぶ》を叩いた。

「力、抜けよ」

「はっ……んな……む、り……」

臀から背中にかけて、火の棒を突っ込まれたような痛さだ。

「さすが、バージンはきついな」

言うと、棚橋は入り口を両手で拡げるようにして、さらにチューブの潤滑剤を絞ってきた。

冷やりとしたその感触に、一瞬苦痛が和《やわ》らいだと思ったのもつかの間。

「あーっ！」

未明は悲鳴を上げた。

挿入した姿勢のまま、棚橋が抽挿運動を始めたのだ。

「や……う、ごかさな、いで……」

これ以上衝撃を与えられたら、毀《こわ》れてしまう。

「だめ、タナ……やめ、て……ああ」

必死の懇願にも耳を貸さず、棚橋はひたすら未明を揺さぶった。

ベッドがキイキイきしむ。

一突きごとに、頭のどこかがぐしゃりぐしゃりと歪んでいくような抽挿運動。

「……あっ……あっ」

それが、次第に加速してゆく。

「や、だ……さけ、る……きれ、る……」

涙と鼻水で顔がぐしゃぐしゃだ。

苦しさのあまり、未明はシーツを掻きむしる。

「バカ……ヤロ……」

だがどんなに訴えても、ののしっても、棚橋は赦《ゆる》してはくれなかった。

それどころかますます腰を引きつけ、烈しく打ちつけてくる。肉のぶつかる、鈍い音。

奥深く抉られ、腸まで引きずり出されるような責め苦がしばらく続いた後、ふっと棚橋の勢いが止んだ。

ずるっとモノがひき抜かれる。

「ああ……」

それはそれで、痛い。

しかし拘束はとかれてほっとした未明の背中に、棚橋の放った精が滴り落ち……未明は意識を喪《うしな》った。

どのくらい失神していたのかは判らない。

未明は現実世界に立ち返って薄目を開けた。

と、こちらを見つめる棚橋の顔がある。

着衣のままだ。もっとも、未明を貫いている間も、彼はシャツ一枚、脱ぎもしなかったのだが。

眸《ひとみ》が、怖いくらい冴えていた。

「どうだった？　感想は」

その、冷徹な眼差しのままで問う。

「……人間じゃねえよ、あんた」

未明はぶすりと言ったが、棚橋はふんと鼻先で嗤うと、

「大人を揶揄うと、こういう目に遭う。よく憶えておけ」

突き放すような物言いにむっとした。

「揶揄ったわけじゃない。俺、ほんとにあんたのこと……」

「愛だの恋だのと、簡単に言うな」

棚橋はベッドサイドの椅子に腰かけている。

末明の言葉を遮ると、足を組み替えた。

「簡単にったたって……」

それは事実だ。強烈に惹かれている。自分でも、理由はよく判らない。

末明は唇を噛みしめた。

棚橋は、そんな末明を冷ややかに一瞥すると、

「それが本当なら」

と言った。

「自分でやってみせろ」

「……？」

意味の判らない末明に、

「俺はいちおう満足したが、君はまだだろう」

「そ……」

言われたことの意味は判ったが、納得できない。

「俺を好きだと言うなら、俺の前でイッてみせろ」

棚橋は、凍りつく末明を顎で促す。

「……ヤったら、俺のこと認めてくれるわけ？」

「どうかな。それは判らない」

「んな……っ」

「君次第だよ。俺を満足させられればいいだけの話だ」

「満足はしたって、だって……」

「どちらかが一方的に満足しただけじゃ、セックスをしたとは言えないだろう」

言えないって……そっちがこっちを悦ばせなかっただけのことなのに。

しかし、棚橋の意図は判る。これもプレイの続きに過ぎないのだと。

怒るのは簡単だ。憤慨して、傲然とこの部屋を出て行けばいい。

だがそうすれば、棚橋との間に繋がれた糸は切れてしまう。

細くて弱い、頼りない糸……今はそれにすがらざるを得ない自分……。

あきらめて、未明は太股に手を這わせた。

股間でうなだれているものに触れる。軽く持ち上げて、扱いた。

こんなんで、勃つわけないっての。

その場合、棚橋が「イカせて」くれるのか。

そうとも思えない。とうてい、思えない。

だが視線の先に冷ややかに見つめる棚橋の目を感じた時、未明のそれは少し勃ち上がる気配をみせた。

まさか――。

「なかなか調子がいいじゃないか。そう、そのまま続けろ」

笑いを含んだ声に促されるように、ピッチを上げる。

信じられないことに、見つめられている、と感じることで未明の快感に火がついた。

羞恥よりも、官能のほうにすり寄る理性。

「声も出せよ」

「あ……」

「素直だな。素直な子は好きだ」

好き、って……。

「あ、あっ、ふ、ん……」

未明は腰をくねらせながら、棚橋を見つめたままで自慰を続けた。

家で一人でするのと、変わらない環境だというのに……。

視線一つで、こうも熱くなるものなのか。

「う、うん……ん」

いつしか両手で股間を握りしめ、未明は烈しく自分自身を擦り上げていた。

「後ろもやれよ」

棚橋が命じる。

「さっき、悦いところを教えてやっただろう?」

もう、理性など残ってはいなかった。

心地良い低い声が、性感を揺らす。

言われるまま、末明は左手を後ろに回した。

蹂躙《じゅうりん》されていた箇所を探る。と、どろりとした潤滑剤が流れ出した。

「あ、ああ……っ」

「悦いだろう？　もっといじりな。奥まで挿れて、掻き回せよ」

「……あぁ……」

指で後孔を押し拡げる。残る、甘やかな痛みを掘り起こすように指を動かす。

悦い所……さっき棚橋に揉まれた箇所を探り当てると、背骨にキーンと快感が突き抜けた。

「ひ……っ」

「悦いだろう？」

「……」

汗で髪が額《ひたい》に張りつく。もはや棚橋と視線を合わせることもなく、末明はひたすら、前と後ろを刺戟した。

「悦いんだろう？　いい子は言葉でちゃんとそう言うんだ」

そそのかすような声。

「い……ぃ」

腰を突き出し、膝立ちの姿勢で、未明はあえいだ。

「なんだって？」

「い……いい……イイ……」

自棄《やけ》のように答えると、笑いを含んだ声が、

「イキそう？　イっちゃいそう？　イク時はちゃんとそう言いなさい」

「……く」

股間のものは膨張し、天を突かんばかりに反り返っている。

扱き上げるスピードを増しながら内奥に埋めた指を動かすと、それだけでたまらないほどの射精感が下腹で渦巻いた。

未明は薄目を開いた。

棚橋は椅子に坐って膝に手を組み、リラックスしきった様子でこちらを見ている。

その目を感じた時、絶頂が訪れた。

「あ、イク、イク、イク……っ」

高い声を放ちながら、未明は吐精《とせい》した。

「なかなかよかったよ。また会おう」

そんな、ふざけた科白とともに棚橋が立ち去っても、未明はしばらくベッドに突っ伏していた。

マスターベイションをしている時には感じなかった羞恥心に、いまさらのように見舞われている。

こんな……。

こんなシチュエーションで。

未知の部分を犯され、眼前でオナニーまでさせられた。

それなのに……。

心はもう棚橋を追って走り出している。先生、「また」っていつ?

こんなふうに、誰かを求める気持ちが自分にもあって、それがよりにもよってあんな奴だったなんて。

いや、あんな奴、だから求めるのか。

自分の気持ちなのに、よく判らない……。

ただこれでもう、引き返せないところまで来てしまったことだけが判る。

棚橋との関係も、自らの心も。

未明はのろのろと身を起こした。

服を着ようと手を伸ばすと、サイドテーブルに置かれたものが目に入る。

「……！」

五枚の一万円札が、トランプのカードのように広がっていた。


特別棟の廊下は、静まりかえっている。

自分の上履きの音だけが、ぺたぺたと響く。

三階の端、物理実習室。

その、準備室の前で立ち止まる。

ノックするには、少し勇気が要った。

未明は呼吸を整え、扉を叩いた。

「はい」

馴染んだ声が答えた。

「なんだ、君か」

白衣姿の棚橋が、机の前でこちらを見ている。

その眼差しにとらわれると、竦んでしまいそうだった。

しかし、未明は、

「なんだはないだろ」

なるたけ軽薄そうに聞こえるように言いながら、机に近づく。

「臀でつながった仲じゃんか、俺の」

「……。臀で……って、君もなかなか下品な子だな」

その鼻先に、未明はポケットから摑み出した五枚の札を突きつけた。

「……ほう？」

「なんだよ、これ」

「札だねえ」

「惚けんなよ。どういうつもりだよ」

未明は声を低めてドスを効かせたつもりだが、棚橋の態度は変わらない。

あい変わらず白茶けた態度で、

「無料じゃ悪いかな、と思ったものでね」

「ふざけんなっ」

未明は机に札を叩きつけた。

「金を粗末に扱っちゃいけないな。それとも、五枚じゃ不服だとでも？」

「そういう問題じゃない！　あんたにだって、判ってんだろ」

未明は、目を細めた棚橋を思いきり睨んだ。

「俺は買われたつもりはない」

「そう？　俺は買ったつもりだったけどな」

「……。とにかく、こんなもん受けとれねえよ」

「豪気だな。家が裕福だと、五万じゃはした金になるのかねえ」

言いつつ、棚橋は札を納めようともしない。

その、ぴくりとも動かない涼しい顔を見ているうちに、未明の心の内でも変化が起きた。

「いつも五万であいうこと、してんのか」

「五枚は出さない。君の場合、初物だから足しただけだよ」

「そう」

未明は、ゆっくりと机に手を伸ばし、札をかき集めた。

「おや？　気が変わったのかな」

揶揄うように言う棚橋の膝に、ひらひらと札を落とす。

「……どういうつもりだ」

棚橋はさすがに声色を変えた。

「じゃあ、今日は俺が五万であんたを買ってやるよ」

未明からすれば、これで逆転ホームランのつもりだった。

「へえ」

全然こたえていない。棚橋は、あい変わらず涼しげに見上げてくるばかりだ。

「今、ここで?」

「大胆だねえ……それとも、憶えたてで嬉しくてしょうがないのかな」

冷ややかに言いながら、棚橋は白衣のポケットに札をしまった。

「たったの五万か。俺も安くみられたもんだな」

「――!」

「まあいいか」

棚橋は面倒そうな態度のまま、

「どうせ暇だから、買われてやるよ。まず、鍵をかけて来い」

準備室のドアを、顎でしゃくる。

未明が言われた通りにして戻ると、

「俺の前にひざまずけ」

「……?」

意味が判らず突っ立ったままの未明に、今度は少し勁い声で、

「聞こえなかったのか? そこにひざまずけよ。俺を五万ぽっちで買うというなら、それなりのコースを用意してやる」

未明はたじろいだ。しかし、逃げ出せばこれで棚橋とは終わる、そのことへの執着が、未明をして言う通りの行動を取らせる。

未明は棚橋の前にひざまずいた。その股間が、ちょうど顔の前に来る。

棚橋は無造作に白衣の前をはだけると、ズボンのチャックをおろした。

未明の前に、剝き出しの棚橋自身が現れる。

「舐めなさい」

摑み出したものをつきつけるように、棚橋は命じる。

「……」

未明はさすがに言葉を喪《うしな》って、棚橋を見上げたが、見下ろす、冷ややかな眸にはなんの感情も映ってはいない。

ただ機械のような声が、

「聞こえなかったのか？　舐めなさい」

と繰り返すのみだ。

目の前には、逞しい雄身《おしん》がある。

未明は覚悟を決めた。

そっと握ると、顔を近づける。フェラチオならされたことがある。したことはないが。

先端の部分をまず、口に含んだ。

微かな身じろぎがある。ふ、とため息が落ちてきて、握り込んだものに力が入る。

棚橋の意志を、こんな方法だとて多少なりとも動かした、という喜びで未明は夢中になる。

扱き上げながらくびれの部分を舐めまわし、横咥えにして裏も表も丹念に舐め上げる。

「ん……くぅ」

耐えきれず棚橋が声を漏らせば未明の官能に火がついた。

片手で棚橋を握ったまま、もう一方の手を自分のズボンの前に入れる。

下着の中で、未明の性器も息づいている。半分勃ち上がったそれを、そっと握る。

自身を扱きながら、未明は棚橋への愛撫を続けた。

棚橋の手が降りてきて、未明の頭を摑む。

「く……むぅ」

いきなり喉の奥まで突き入れられ、未明は吐きそうになった。

が、棚橋は容赦はしない。

そのまま、未明の顔を両手で挟むようにしてゆっくり前後に動かした。

意図を察して、未明は雄身の根本を握る。そうしながら、自分の口を使ったピストン運動を始めた。

棚橋の息づかいが乱れ、淫靡な空気が準備室を満たしていく。

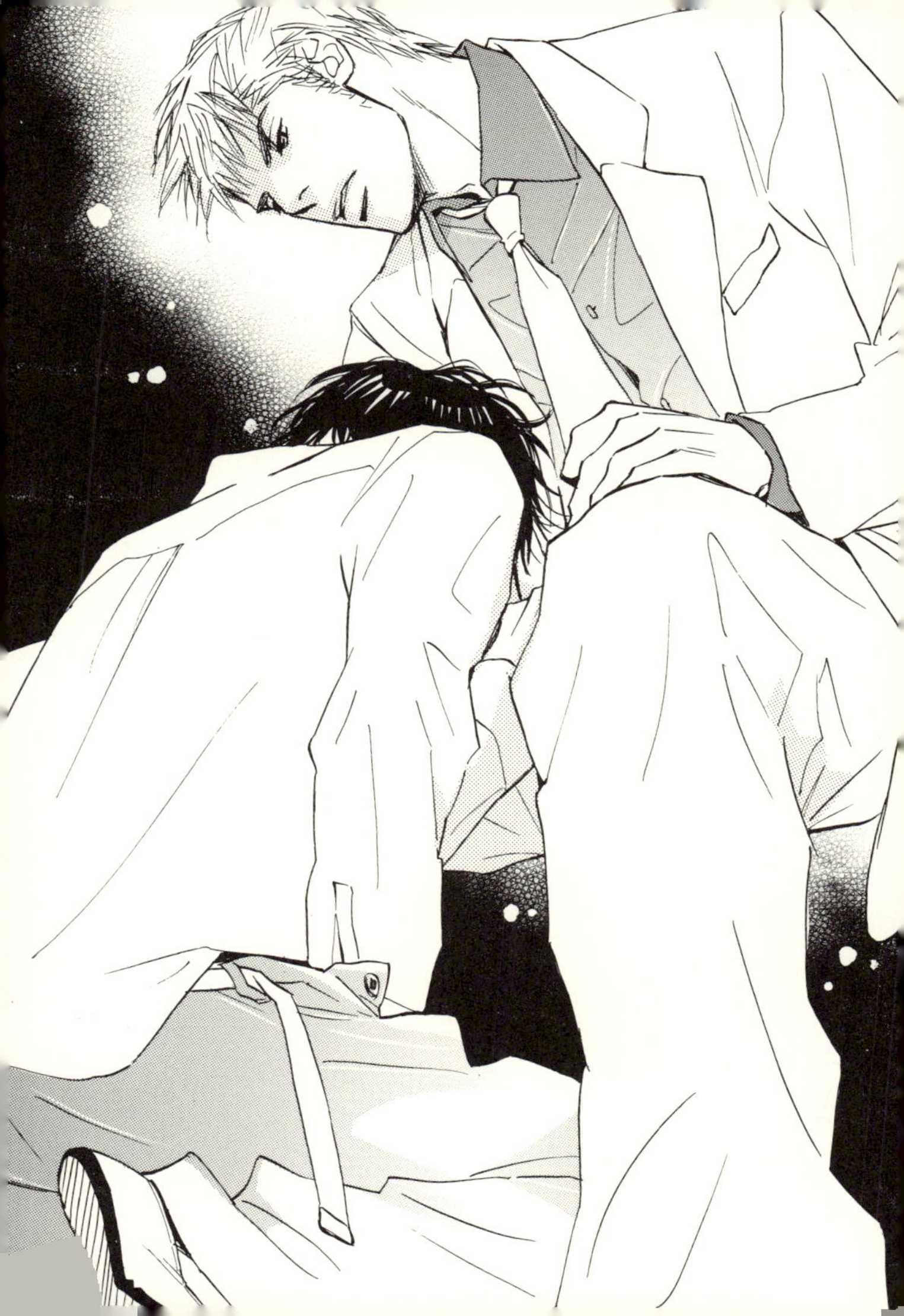

ねっとりと濃い、その空気の中、未明は必死に口淫を続け、さらに自身を扱き立てた。

上と下で、くちゅくちゅといやらしい音が響く。

「ん……はあ」

やがて棚橋が未明の頭を引きはがすように口淫をやめさせる。

未明は口許を拭った。

「淫乱だな。フェラで感じたか」

棚橋は、未明のズボンの乱れを見ている。

「まあいい。初めてにしちゃ、よくできた」

ぬらぬら耿《ひか》る自身を弄びながら言う。

「ご褒美を上げないとな……下だけ脱いで、ここに坐りなさい」

え、と問い返す未明に、

「ご褒美をやる、と言ってるんだ。早くしろ」

未明は躊躇した。初めての体験の時の、あの引き裂かれるような痛みがまだ記憶に新しい。

実際、切れていたのだ。昨日の今日で、傷口はふさがっていないだろう。それに、今までの行為に対する屈辱感も、それなりにある。

だが……棚橋の涼しい目に見つめられ、促されると、魔法にかかったように動いてしまう。

ズボンと下着を脱ぎ去り、未明は棚橋の前に立った。

「あちらを向いて……ゆっくり腰を落とせ。自分で拡げながらな」

言われた通り、未明は後ろを向いて背後に手を回した。

棚橋の目前に傷ついた後孔を晒す恥辱《ちじょく》に、耳が熱くなる……が、いっぽうで股間は反応し、びくりと動く。

なんなんだ、俺、いったい……。

この屈辱感も込みで、快感になっているということか。冗談じゃない。男の前でケツおっぴろげて、その上勃起したアレの上に坐るだなんて……。

棚橋の言葉ではないが、自分も堕ちたものだと思う。

けれどいっぽうではその屈辱に昂奮している自分がいるのだ。

「あ……っ」

かさの開いた先端部分が後門に触れた時、昨夜の激痛が甦って未明は震えた。

しかし、棚橋は赦《ゆる》してはくれないのだろう。

目を閉じて、一気に腰を落とす。

「あああああっ！」

今日は潤滑剤もない。未明の唾液で濡れているだけである。

そのぶん苦痛は倍加し、未明は悲鳴に近い声を上げた。

「うるさい奴だな。このくらいのことでわめくな」

背後から棚橋の手が回り、悲鳴を塞ぐ。

「ぐっ……むう」

その指が、口腔内に差し入れられた。反射的に未明は、指を舐める。人差し指、中指。

薬指まで濡らしたところで、棚橋は手を放し、未明の腰を摑んだ。

「自分で動け……というのは、やや酷だな」

薄ら嗤った声で言い、腰を持ち上げる。

「あ……っ」

と思った時には落とされた。

入り口まで抜けていたものに再び貫かれ、未明の苦痛はいや増す。

しかし棚橋はかまわず未明を揺すり上げ、落とし、それを繰り返す。

烈しい抽挿に、未明の意識は飛んで行く。

「あっ……あん……は……は……っ」

揺さぶられるごとに、絞った声を漏らした。唇を噛む。それでも喉の奥が唸る。

「ん……んんっ……ん」

やがて下から突き上げながら、棚橋の手が前に回った。

未明の手を握ると、剝き出しの股間へ導く。

「君もやりなさい。萎えてばかりじゃ、面白くないだろう」

「ん……お、れは……」

「それとも、また俺の前でソロプレイするか？」

未明は顔をねじ曲げた。棚橋の、冷笑を浮かべた顔がそこにある。

……昨日みたいなのは、厭だ。

できれば一緒に達きたい。

未明は、ふたたび股間に触れた。

揺すり上げられながら、擦る。最初は縮こまっていたものが、次第に反応を見せ始めた。

「あ……」

「気持ちいいか？」

そそのかすような声。

「そのうちこっちもよくなる」

クイ、と突き上げられると、快感に火をつける部分に棚橋のものが当たった。

「ああっ」

ぐん、と手の中のものが質量を増す。

「嫌らしい奴だな。後ろを掘られて、感じてやがる」

言葉で攻められて。
早いピッチで性器を擦り上げてゆく。その手に、棚橋の手が思いがけず重なってくる。
棚橋の手に導かれるように、性器を擦る。
するとどうだろう、そこはますます反応した。
手が添えられている、と感じるだけで。
「あ、ああ……ん」
声が甘くなったのが自分でも判る。
後ろを攻められるのは、もはや苦痛だけではない。
臀を犯されて、感じるなんて……。
理性が自嘲している。
しかし、その恥ずかしさすら、今は快感に変わって行くのだ。
だめだ……。
完全に堕ちた、と感じた時。
ぐい、とさらに深くを抉られた。
「ああっ……」
「いい臀だ。よく締まる……キツくて……ちぎれそうだ……」
耳許に囁きを吹き込まれ、未明はいやいやをするようにかぶりを振った。

けれどそれは反対の意思に他ならない。

「もっと……」

その証拠に、喉はこんな言葉を絞り出す。

「もっと？」

「もっと言って……気持ち、イイ、って……俺のココがいいって……」

「君は？」

逆に問われた。

「感じるのか、ここが」

結合した部分が、じゅくじゅく音を立てている。

「あ……イイ」

「本当に？」

「イイ……も……でる……」

未明の手に添えられた棚橋の手が、さらに加速する。

後ろを攻められ、前を烈しく擦られて、残っていた理性も弾け飛んだ。

「あ……イイ……イっちゃう……イク……イクッ」

烈しく身を突っ張って、股間を棚橋の手ごと握りしめたまま。

真っ昼間の物理準備室で、未明は絶頂を迎えた。

殆ど同時に、内奥に熱い飛礫《つぶて》を感じ……そのまま気を喪った。


誰もいない特別棟のトイレに入る。

頭はまだぼやけている。

互いに果てた後、棚橋は未明のブレザーのポケットになにかを突っ込んだ。

五枚の札であることは、もう判っている。

便器に腰掛け、ぼんやりする。

なにやってんだろう、俺……。

買われた屈辱を晴らすため棚橋に挑み、二度目のセックスの果てにまた戻ってきた五万円。

五万円が俺の価値、というわけか。

どこまで行っても。

目眩《めまい》をおぼえ、頭を抱えた時、体内でそろりと何かが動いた。

未明は周章《あわ》ててズボンを下げ、さっきまで犯されていた部分に触れる。

棚橋の放ったものが、どろりと流れ出してくる。

ああ……。

指でなおも探り、末明は指先についたそれを眺める。口に含んでみた。苦い。

衝動が突き上げ、末明はズボンを膝まで下ろした。

残滓《ざんし》の残る後孔内を指でまさぐり、再び勃起をはじめた自身をもう一方の手で扱く。

「あぁ」

自然と声が唇から漏れていた。

放ったばかりの自分自身は、感じやすくなっている。二、三度擦っただけでたやすく勃起した。

「あ……ん」

脳裏に棚橋の顔が浮かぶ。

「ああ……イイ……」

後ろを烈しく指で掻き回す。

「タナ……ちゃ……もっと、おかし、て……突いて……」

考えられる限りの卑猥な科白を口にしながら、末明は自慰を続けた。

次第に登り詰めて行く。

「あぁ……もっと……もっと……」

棚橋の、冷徹な眼差し。

それが目の前にあるような錯覚さえ起きる。

身をくねらせながら、便座の上でのたうつ自分の姿を想像すると、涙が出てきた。

どうかしている。

「あっ、んああっ、ああ――」

水洗タンクに後頭部を擦りつけながら、未明はその惨めさに泣き……二度目の絶頂を迎えた。

6

「よう、シケてるじゃん」

クラブの隅に一人で坐っていたら、真上から声が降ってきた。

「ヒロキ」

「なんか世界の終わりって顔だぜ。ミッシェルもとうとう解散だしな……こないだのセンセにふられたか？」

軽口の中に、核心を突いてくる。ヒロキの鋭さは時に脅威をおぼえるものだ。

その、きれいな眸の前にはなにも隠し立てできない、そんな気にさせる。

「いや……」

「寝たのか？」

曖昧に頷くと、ヒロキはひゅうと口笛を鳴らした。

「やるなセンセイ。ま、いい男だもんな」

未明の飲んでいたハイネケンの瓶を無造作に取り上げると、一口飲む。

「ラブラブ？」

「そんなんだったら、こんなところに溜まっちゃないよ」

「そうか。あれか、縛られたりしたわけ？」

「それはないけど……」

「なんだ。真性じゃなかったんだ」

「判んないよ。寝たっつったって、転がされて挿れられただけだし」

「なにそれ。愛想のないエッチだなあ」

ヒロキは我がことのように眉をしかめる。

「こんなに可愛いミメイちゃんをゲットしたんだから、ありがたがれよ、先公」

「可愛いって……」

未明は鼻白んだが、ヒロキは、

「可愛いじゃん」

言うが早いか、末明を引きよせ素早く唇にキスをした。

「ヒロキっ」

「親愛のしるしだよ……あれ」

ヒロキはテーブルの向こうを見やった。

「噂をすれば影、かよ」

ぎくりとして末明は振り返った。

棚橋の長身が、すぐそこに現れている。

「邪魔者は消えます」

ヒロキは飄々として立ち上がり、棚橋の肩を叩いて「タッチ」と言った。

後にはばつの悪い末明と、棚橋が残される。

「誰にでも尻尾を振るわけだ」

棚橋は、ヒロキのいたほうを見ながら言う。

「振るよ？　あんたにだって振ったじゃん」

末明はやや自棄になって答えた。

棚橋は目を眇《すが》めてこちらを見る。

「一緒にするな」

低い声で言うと、かがみ込んで末明の腕を掴んだ。

「また上？」

立ち上がりながら未明は問う。初体験時の苦痛が頭を過ぎったが、

「誰が使ったか判らんようなベッドはごめんこうむる」

棚橋は憮然と言った。

「だってこないだは……」

「試しただけだ。それなら、上でじゅうぶんだろう」

「タナちゃん。じゃあ俺、合格ってこと？」

「どうかな」

棚橋はどんどん店の出口に向かって行く。

すぐそばの路上に駐《と》めてあったアウディのドアを開くと、未明を中に押し込んだ。

「まさか、ここでやるなんてこと……」

「狭いのは嫌いだ。いちいち怯えるな」

棚橋はあい変わらずぶっきらぼうに言う。

「……」

車が走り出すと、未明の頭の中にはさまざまな考えがかけめぐる。ホテル？　しかしラブホは男同士の客を断ると聞いたことがある。いやいや、この街のことだ。男同士だろうが犬とだろうがスルーさせる宿があったっておかしくない。

それとも、少し行った先にあるしゃれたシティホテルだろうか。こいつ、なんか金持ってそうだもんな。ポケットの中に突っ込んだままの五万円。出すべきタイミングをやや逸してしまったが。

だが、やがて通りから賑やかなネオンが消えて、静かな住宅街へ入って行くと、未明の中にひょっとしたらという考えが芽生えた。

「――タナちゃん家《ち》？」

棚橋は答えない。その時車は大きくカーブして、一軒のマンションの駐車場に入って行った。

「降りなさい」

馴れた様子で車庫入れをすませると、棚橋は冷然と命じる。

「……タナちゃん家なの？」

未明はもう一度問うたが、棚橋は黙って車を回り込む。周章てて、先を行く棚橋を追った。

三階建ての低層マンションである。オートロック式でもない。エレベーターを使わず、階段で二階まで上がった。

「……」

やはり棚橋の部屋だった。表札にそう書いてある。家に……家に連れて来られた、ということに未明の心臓は弾み、震える。

「入って」

そんな心の動きを察知したのかしていないのか。

棚橋は無造作にドアを開けると促した。

未明は黙って、その言葉に従った。

広い1LDKの部屋だ。未明の家のリビングとは、それは較ぶべくもないが、それでも広々としているほうだろう。リビングに皮のソファ。TVとコンポとパソコン。他にはなにも——とりたてて飾りもなにもない部屋。

「なにか飲むか」

リビングに突っ立っていると、やはりぶっきらぼうに棚橋が訊いてきた。

「え……」

「いちいち驚くな。俺が来客をもてなしたら、そんなに変か?」

未明はかぶりを振った。もてなされてんだ俺。それじゃ、とポケットに手を突っ込んだ。

「なんの意味だ」

「ウーロン茶とキス」

「五万もするウーロン茶はない。普通の緑茶しかないが?」

「じゃ、それとキス」

「……。あくまでキスなんだな」

キッチンスペースに立ち、棚橋は馴れた手つきでビールと緑茶のグラスを運んできた。

「キスは？」

「飲んだら、してやる」

未明は床に、棚橋はソファに凭れて傲然と足を組む。

「飲む前は？」

「あの小僧と間接キスするのはごめんだ」

「あの小僧」、がヒロキを指していることに一瞬気づかなかった。言われて、思い出した。

「誰にでも尻尾を振る」俺。

「ヒロキとはなんでもないよ」

言ってみたが、棚橋はむっつりと、

「何があろうが、なかろうが関係ない。君らがしていたことを、俺が見た、それだけだ」

「見てなきゃ、どうでもいいわけ」

「そうだ」

未明はだまって、グラスに注がれた緑茶を飲んだ。どうもよく判らない。見ていないところではなにをやってもかまわないってことか。けれど、見てしまったものは赦《ゆる》さない。

それもある種の嫉妬というのかなあ。そう思い、それはあまりに自分の都合のいい解釈だと内心苦笑した。嫉妬などという感情とは、ほど遠そうに見える棚橋。

まあいいか。今ここにいる、ということが大事なのだ。棚橋はなにも、世間話をするために俺をここに連れてきたわけではあるまい。

レンタルルームから較べれば格段の進歩といえる。なんといっても、相手の部屋。

「飲んだぜ？」

グラスを干してから、末明は口を突き出すように棚橋を促した。

「せっかちだな、君は」

「五万も払ってんだ、当然だろ」

「もともとは俺の金だ」

棚橋は末明を引き寄せた。抱き上げるようにソファに坐らせると、唇を重ねる。

「煙草はやめなさい」

すぐに放して、言った。

「自分だって吸うくせに……む」

再び重なる唇。抗議は途中で遮られる。今度はより深く。舌を絡めて吸い上げる、本物のディープ・キス。

「あ……」

抱き上げられて、ベッドルームに連れて行かれた。ダブルベッド。棚橋は抱き上げた末明の身体を無造作にその上に転がす。

「脱げよ」

スプリングの上で弾んでいる末明に向かって、冷ややかに命じた。

「……そっちこそ」

末明はようやく体勢を立て直した。

「俺ばっかり脱がせて。自分はいっつもネクタイ一本外さないじゃんよ」

「文句を言うな。キスと茶のサービスで、五万だ」

「じゃ、あと五万つけるからあんたも裸になれ」

「……。金持ちの坊ちゃんか。これだからな」

「悪かったよ。金はあり余ってんだよ。愛はないけどな」

末明は自らの境涯《きょうがい》を匂わせてみた。

棚橋はやや目を瞠《みは》るように瞬いたが、すぐに、

「君の一代記なんか、俺には興味がない……俺をその気にさせたら、プラス五万はなかったことにしてやる」

「……フェラ？」

「どうだろうな」

末明はベッドサイドに突っ立ったままの棚橋を見上げた。ほんとなに考えてんだか判ん

なさすぎ。

けれど、「その気」にさせたなら、なにか事態は打開するのだろうか。

末明は立ち上がり、棚橋に近づいた。その首をしめつけるシャツのボタンを、ゆっくりと外してゆく。

現れた、なめらかな膚に末明は唇を寄せた。喉元からすっと鎖骨のあたりまで滑らせ、胸の突起の上で止まる。

舌で転がすようにすると、棚橋の身体がぴくりと動いた。

感じてるんじゃん……。

股間に手を伸ばす。そこも固くなっている。

ズボンの上から揉みながら、もう一方の乳首を愛撫した。

棚橋の昂ぶりはいっそう硬度を増してゆく。

末明は唇を脇腹に滑らせた。丁寧に吸い上げながら臍《へそ》の窪みに舌を伸ばす。

自然、ひざまずく恰好になっていた。棚橋のズボンのチャックを下ろし、膝まで下げる。

盛り上がった股間に、下着の上から吸い付いた。

形をなぞるように舌を這わせる。

棚橋の息づかいが荒くなる。末明の両頰を挟み込むように包み込み、より直接的な愛撫を待っていることを教える。

末明は口を使って下着を下げた。飛び出した、熱くて固い棚橋の雄身にしゃぶりつく。

「ん……」

初めて声を出し、棚橋は愛撫するように末明の頬を撫でる。

片手で根本を握り込み、末明は夢中で口淫を続けた。

「んっ……んっ……はあ」

悦びの声を頭上に聞くと、いっそう熱が籠もる。

先端のくびれから根本までを、丁寧に舐め上げ、最後にぐっと喉の奥まで咥え込んだ。

そのままピストン運動を開始する。

「は……はっ……あ」

よほど気持ちいいのか、棚橋も声を我慢しなくなった。末明の後頭部を摑み、股間に押しつけるようにする。

「うぐ……」

奥深くまで突き入れられて、末明はむせた。

上目に棚橋を窺う。薄目を開いて、こちらを見下ろしているが、いつものような冷えた眼差しではなく、むしろうっとりとしているように見える。

——堕ちた。

末明が確信したのを知ったように、棚橋は末明の頭を引きはがすように股間から離し、再び身体を抱き上げた。

ベッドに押しつけられる。Tシャツをまくり上げ、鎖骨に唇を押し当てる。

そうしながら、乳首を指で摘み、こりこりと捏《こ》ね回すようにする。

「あ……あん」

これまでにない刺戟に、未明も高い声を放った。

同じ愛撫を期待していたのだが、胸への攻撃は指だけで、棚橋は下着ごとズボンを脱ぎ捨て、裸になって再び重なってきた。

未明の、ジーンズのままの腰を、剝きだしのそれが擦る。

「あ……や」

未明は焦れて、ベッドの上で跳ねた。

「俺……も脱ぐ……脱がせて……」

甘えるように言うが、棚橋はそのまま、ジーパンの上から未明をなぞり、愛撫するように腰を動かした。

「や……だあ」

布地越しでも、身体の奥から疼くものがある。

抱き合いながら、未明は自分でジーパンのボタンを外した。片手で下着をずらし、既にはちきれんばかりになっている自分自身を解放してやる。

直接、性器同士が擦れ合うことになり、快感はいや増した。剝き出しの雄身を共に刺戟し合い、擦り上げ、絶頂に向かって登り詰めて行く。

「だめ……出る……イっちゃうよ」

掠れた声で訴えると、棚橋は下着ごとジーパンを脱がせようとする。

腰を上げてそれに協力しながら、未明は我慢できずに弾けてしまう。

「あぁぁぁぁぁ」

そして、弛緩《しかん》。

だが棚橋は、これからが本番だとでも言いたげに未明の腰を持ち上げ、一気に貫いてきた。

「ああ……っ！」

その瞬間の痛みには、まだ馴れていない。

未明は悲鳴を上げ、ずり上がろうとする。

それを腰を摑んで引き戻し、棚橋はなおも腰を勧めてくる。

「あ……いた……っ」

未明は苦痛を訴えたが、むろんおかまいなしだ。

未明の膝を、胸につくほど折り曲げて、棚橋はそのまま抽挿を開始する。

最初は苦痛だけをおぼえていた未明だが、そうされるうちに再び、内奥が疼きはじめた。

「あ……タナちゃ……俺、ヘン……」

「馴れてきたんだろ。誰でもあることだ」

「だって……ああ」

下腹部で再び、渦巻くものがある。

未明は股間を探った。そこは、たしかに反応している。

「こんな……」

それが馴らされた、ということなのか。

だってまだ三回目なのに……。

揺すり上げられながら、未明は棚橋の首に腕を回した。

甘えかかるようにキスを求めると、棚橋もそれに応える。

キス……。

内奥を擦られているよりも、感じてしまう。

俺、やっぱこいつのこと好きなんだ……身も世もなくイカれちまってるんだ……。

だがつれない男はすぐに唇を離し、未明の腰を引きつける。

臀朶《しりたぶ》に打ちつけられる、棚橋の双球。

濡れた音を立てながら二人、せめぎ合い、挑発し、そして感じた。

「あああああ！」

背骨がきしむほど反らせながら、未明は達した。

同時に、体内で弾ける棚橋を感じる。

そしてなにも……判らなくなった。


どれほど経ったのだろう。

未明は薄目を開いた。

ベッドに腰掛ける、男の背中が目に入る。

棚橋の背中……なにも着けない剝き出しの裸を見るのは、そういえば初めてかもしれない。

新鮮な感じがして、未明は無防備なその背中をまじまじと眺めた。

ふと悪戯心が沸いて、未明は指でその背をつつ……となぞってみる。

ぴくりと動いて、棚橋がこちらを見た。

「なんだよ」

「あ、感じた？」

「莫迦」

「感じたんだ、感じたんだ」

末明は足をばたつかせて笑ったが、棚橋はにこりともしないで、

「ガキが」

と冷たく呟く。

「そのガキに突っ込んで、中出しまでしちゃったのは、誰なんだろうね？」

揶揄うように言ってみたが、棚橋は憮然としたまま、

「男の生理だ。君だって男に突っ込まれてイってるだろう」

言い返され、末明はむっと黙り込んだ。

その後、ふと疑問が沸く。

「タナちゃんてさ、最初からこっちのほう？」

「なにがだ」

「だからさ、はなから男好きだったわけ？　もしかして、女は未経験だったりして？」

「……くだらないな」

「くだらないんだよ、でも、俺は興味ある」

「そういう君はどうなんだ？」

「あんたに突っ込まれる前は、突っ込む専門だったけど？」

「……。結婚を約束した女ならいる」

「え、タナちゃん結婚すんの？」

問いながら、なぜかショックを受けている自分、を未明は感じる。そんなのどうでもいいことじゃんか。

「しないよ。とうに別れた」

棚橋は、なにかをあきらめたような口調で言う。

「ふられたんだ？　ふられた腹いせに男に走ったってわけだ」

未明はなおも混ぜっ返したが、

「ある意味では、そうかもしれないな」

棚橋の言葉に、再び口を閉ざす。

「――結婚を約束した女がいた。ある日、打ち明けられた、他に好きな人ができたと。男は俺の親友だった」

「……なんだよ、それ」

未明は思わず身を起こした。

「彼女と親友、同時にタナちゃんを裏切ってたってわけ？　そんなんで、身を退いたってわけ？　そんなのひどすぎるじゃん！」

「……。過ぎたことだ。どうでもいい」

「よくないよ！　めっちゃムカつく！」

未明は思わず拳を固めてしまったのだったが、すると棚橋は不思議そうな顔で、

「なんで君がそんなことで、そこまで怒るんだ？」

「……」

言われて未明も黙り込む。ただ、棚橋にそんな無惨な目に遭っていてほしくはなかっただけだ。

「ヘンな奴だな、君は」

棚橋は、ふっと笑った。

あ……。

およそ初めて見る、棚橋の笑顔に、未明は釘付けになる。

心臓をぎゅっと鷲摑みにされたような、それは強烈な印象を与えられるものだった。

7

保健室には、先客がいた。

「オーンちゃーん」

いつものように言いながら開けたドアの先に、見馴れぬ姿を発見して、未明は口を閉じる。

誰だ……とまず思い、すぐに相手が誰なのか悟る。

一年の「宮園」だ。

そうと判って、

「よお」

と未明はなんでもなく挨拶したのだが——。

相手は表情を硬くしたまうんでもすんでもない。

その上、肝心の恩田がいない。

やや後悔したのだが、俺は寝に来たんだし、と思い直して、

「どっか悪いの？」

と宮園に近づいた。

悪いわけがない。宮園が立っているのは机の前、そしてその手に握られているものは、

「なにそれ、オンちゃんの携帯？」

だった。

「あっあの、僕は……」

宮園は狼狽《うろた》え、あたふたしている。

「いいよ、べつに。言わないし、俺」

互いにかなわぬ相手に恋をしている身、と思ったのだが、宮園には同病相憐れむ気など

なかったのか、

「ご、ごめんなさい！」

言うが早いか、そのまま未明の脇をすり抜け、保健室を出て行ってしまった。

「……」

へんな奴。未明は、残された携帯を見やった。なにをチェックしているのやら。だが好奇心で手に取ってみる。他人のプライバシー。メモリをまずチェック。そこでどきりとすることになる。

「棚橋伸行」という名を見つけると、そそくさと自分の携帯を出さないわけにはいかない。ついでのように恩田の携帯番号もメモリに入れた時、がらりと扉が開いた。

「お、出たな盗人め」

恩田がふらり、という感じで入ってくる。

「盗んでないよ。それより盗まれたよ」

未明が言い返すと、いつものののんびりとした口調で、

「なにを？」

と怯みもしない。

「携帯。オンちゃんの番号、ダダ漏れ」

「宮園？　困ったもんだなあ」

言いながら恩田は、机に歩み寄ってくると携帯を白衣のポケットに突っ込んだ。

「古澤君も盗んだんでしょう？」

その後、鋭くチェックを入れてくるから、だらだら男でも侮れない。

「俺が、なにを」

「タナさんの番号」

すっかり見抜かれている。未明は憮然として、

「オンちゃんのだって盗んだもんねー」

とりあえず開き直るしかない。

「おいおい。イタ電はほどほどにしてくれよ？」

「ほどほどだったら、いいんだ？」

「よくありませんよ。ほんとに困った人たちだ」

と言いながらも、格別困った様子もなく、恩田は椅子に腰を下ろす。

「オンちゃんはさ、どう思ってるわけ」

その暢気《のんき》な顔を見ていたら、問いつめてみたくなった。

「どうって？」

「宮園のこと。あんなさ、いじらしいじゃん。ちょっとは考えてやる気とかないの」

「考えるとは」

「それは……キスぐらいしてやるとかさ」

「そんな、応える気もないのにそういうことしちゃ、却って気の毒でしょう」

「応える気、ないんだ」

「まあねえ……いろいろ考えるよ」

恩田は言い、うーんと伸びをする。

とても「いろいろ考えている」人間とは思えないその仕草と口調に、未明は呆れた。

けれども、恩田のこういう暢気さが未明は好きだ。一緒にいると、心が安まる。

「オンちゃん。俺、なんでオンちゃんを好きになんなかったのかなあ」

伸びをしていた恩田の動きが、途中で止まった。

そして起こった大爆笑に、未明はむっとするやら恥ずかしいやら。

「そりゃあ人にはそれぞれ、巡り会いというものがありますから」

「オンちゃんに俺は巡らなかったってこと？」

「というか、タナさんが巡ってきてるでしょう」

「……」

そういえば、恩田はどこまで、自分と棚橋のことを知っているのだろう。

未明は気になったのだが、恩田の温厚な笑顔から感情を読みとるのは難しい。

「ちぇ」

結局、悔しまぎれに舌打ちをすることになる。

「ちぇ、って……」

恩田は参ったなあと頭を掻く。

ひとつも「参って」なんかいないくせに……しかしその顔を見ていたら、未明はふと呟いていた。

「オンちゃん、俺、棚橋と寝た」

恩田は目を瞬かせたが、

「そうですか」

と、驚いた様子も見えない。

やはり知っていたのかと一瞬疑念が掠めたものの、あの棚橋が、恩田にとはいえ話すわけがないと思い直した。

「びっくりしないんだ?」

言ってみた。

「びっくりはするよ、そりゃ」

「だってその態度……」

「俺がここでえー、うっそー、なんてのけ反ったら、気まずいでしょ、お互いに」

「オンちゃん……大人だな」

「年齢だけはね」

「そういや、棚橋って何歳なの」

「俺より一個下だから、二七かな」

「二七……」

　恋人と、親友に裏切られたのは、何歳の時だったのか。

　それが、今の冷徹な態度に繋がっているのは間違いがない。

「君なんかには想像もできないでしょう？　二七とか八とか」

「そんなことないよ」

「いやいやいや。顔が『へ？』って言ってるよ？」

　思わず顔を撫でた未明に、笑い声が弾ける。

「冗談です」

「オンちゃん……」

　そりゃ宮園でなくたって苦労するよ、このポーカーフェイス、すっ惚けた態度。

　同じ、感情を露わにしない点は棚橋と変わりがないが、方向がかなり違う。

　しかし、

「オンちゃんを好きになっても、それはそれで苦労するよなー」

「そうですかね？　俺は大切にしますよ、好きになったら」

「だから、なられた場合だろ」

「そうか。それは残念」

 どこかかみ合わない返答ばかりよこしていた恩田だったが、そういえば、と思い出したように言った。

「タナさんは、好きになられてよかったようですね」

「え？」

　意外な言葉に未明は訊き返す。

「だって明るいじゃないですか、この頃」

「……」

　あれから、棚橋のマンションで何度か会った。

　セックスにもだいぶ馴れたが、棚橋の態度は特に変わったようにも見えない。

「そうかなあ」

「うん。明るくなったよ。ていうか、俺怖くなくなったもん」

　って今まで怖がってたのかよ！

　つっこみたいのはやまやまだが、恩田の言葉がほんとうなら、

「それって、俺？」

「どうなんでしょうかねえ。ただ俺の観察によれば、あれは恋愛がうまくいっている証拠

に見えますが」

「恋愛……」

そんなものが、自分と棚橋の間に成立しているとも思えない。

しかし、棚橋にそういう相手が自分以外にいると考えるのはもっと厭だ。

「自信をもっていいいんじゃない？　古澤君可愛いし、好きになられて迷惑にはなっていないかと」

「そ、そうかな」

なお疑いながらも、いっぽうではずむような気分になっている。

そんな未明を笑顔で見やりながら、

「あと一押しですよ、古澤君」

ってなにを激励してるんだか。

しかし、むろん悪い気はしなかった。

棚橋になんらかの変化があって、それが多少なりとも自分に関連したことなのなら、嬉しい。

それは心を動かしたということだから。

あの氷の心を、もしかしたら俺が溶かすことができる？

なんとなくうきうきした気分で保健室を出る。と、そこで未明は凍りついた。

廊下の向こうからやって来た棚橋が、保健室に近づいてきたところだった。

その間、一メートルといったところか。

そして、すれ違いざま、

「愉しそうだな」

低い声で言われ、未明は竦む。

「あの……」

言いかけた言葉は、保健室の扉を開く音に遮られた。


なにに棚橋が機嫌を損ねたのかは判らないが、未明はその日の放課後、棚橋のマンションへ赴《おもむ》いた。

放課後といっても夜の八時すぎである。棚橋が戻っているであろう時間を計って訪れた。

案の定、棚橋はいた。

「君か」

ドアを押さえたまま、そっけなく言う。くつろいでいたようには見えない。ワイシャツ姿。

「お、おう」

未明は、なるたけ軽い調子で答えた。

「なにか用？」

しかし、棚橋の態度はあい変わらず冷たい。

「用……ってんでもないけどさ」

「用もないのに人の家を連絡もなしに訪ねるのが君の流儀か。君の親はそういうふうに教えたわけか、君に」

「……んなっ」

親のことを持ち出されると、未明も黙ってはいられない。

「そんなの各自の自由だろ。それに俺は親なんかいないも同然だし！」

「またそういう話か。君の生育環境なんか、俺の知ったことじゃないんだけどね」

「だったら、言うなよ！　親のことなんか」

未明はつっこんだが、棚橋はやれやれといったふうに肩を竦めただけだ。

「それはそれとして」

話題も変える。

「用がないんなら、ここで失礼して頂きたいんだが」

「そんなこと……タナちゃん、ちょっと冷たいんじゃない？」

「君に優しくするいわれは？」

「だってほら、俺たちってつきあってるんじゃん？」

　これまで何度俺を抱いたか、忘れているのだろうかこの男は。

　もっとも、棚橋にヒューマンなセンスを求めるのはそもそも間違っていた。

「つきあう？　俺にそんな認識はないが」

「だって……」

「ただセックスしているだけだ。互いの合意のもとにね。君を束縛する気はないし、君から束縛されるいわれもない」

「そ……」

　あまりの身も蓋もない言い方に、未明は絶句した。

「それに君は、恩田先生のほうが気が合うんじゃないのか？」

　次いで投げかけられた言葉に、未明ははっとした。

　と同時に内心ほくそ笑む。

「なにそれ、もしかして妬《や》いてんの？　タナちゃんらしくもないじゃない」

　棚橋は一瞬絶句したようだった。勝ち。しかしその瞬間に、爆発する。

「妬いてなどいない！」

　未明もおもわず尻込みするような剣幕で怒鳴りつけると、やにわに未明を玄関に引きずり込んだ。

「あれ？　帰れって言ったんじゃないの？」

その段になっても、あい変わらず暢気《のんき》だった自分を、未明はほどなくして後悔することになる。

棚橋は未明を突き飛ばすようにリビングの床に転がすと、膝で胸に乗り上げてきた。

「た、タナちゃん」

「大人を揶揄うとどういうことになるか、今から教えてやるよ」

棚橋は今までに見せたことのない、歪んだ表情で見下ろしている。

「そ、そんな……無理矢理じゃなくたって、俺、なんだってしてしてきたじゃんか」

言い分も聞き入れられず、シャツがまくり上げられる。

乳首を乱暴にねじ上げられ、未明は悲鳴を上げた。

「や……タナ……」

感じるどころではない。もう一方には歯が当てられ、鋭い痛みが走る。

「あ、や……噛まない、で」

だが棚橋は未明の手をひとまとめにして上げさせると、むしりとったネクタイで両手首を縛った。

そういえば……とこんな時なのに未明は思い出す。

少年を買おうとしていた棚橋が、縛りを要求していたこと。そのことから、サディストと判断して納得した自分。

まるで間抜けじゃないか、俺。

そういう奴だって、判っていたのに……好きになって、こんなことになって……。

次にくることを推測して暴れる未明を押さえつけると、下着ごと乱暴に下肢を脱がせてしまう。

「あ……あああ!」

いきなりずぶりと貫かれ、未明は身をよじった。

その腰を引きつけ、棚橋の雄身はより深いところへ侵入してくる。

「痛い! 痛い!」

未明の訴えなどなんの功も奏さない。

ぐいぐい押し込んで来ると、棚橋は未明の胸に再び手を伸ばした。

「あ……ふ」

思いのほか優しく捏ね回され、未明は甘い声を漏らしてしまう。

潤いもなしに繋がった箇所はちぎれそうに痛い。

しかし、胸を愛撫され、挿入の衝撃がおさまってくると、次第にヘンな気分になってきた。

変な……快感、といえるそれが。

「あっ、あっ……あ」

抽挿に応えるように、自ら腰を振って同調する。

股間のものは弾けそうに膨らんでいる。

長く耐えられそうにない。未明は、いやいやをするようにかぶりを振った。

「タナちゃ……俺、もう……」

甘い鼻声で訴えると、棚橋は上でにやりとした。

「そんなに達《い》きたいか？」

「達きたい……達かせて……」

すると棚橋は、なにを思ったか未明の身体を離した。

ずるりと抜けて行く感覚に、未明はいっそう切なくなって身をよじる。

そのまま棚橋は隣室に行き、なにかを手にして戻ってきた。

なにか小瓶のようなもの……。

「タナちゃ……なに？」

「もっと悦くなる魔法の薬だよ」

どろりとしたそれが、棚橋の指から未明の内奥に塗りつけられる。

指を入れられただけでも達しそうだったのだが、棚橋が根本を握ってそうさせない。

そのまま、細紐で縛られた。

「あ……」

射精を先送りされたことは判る。未明はヒクつく性器をそのままに、捨て置かれる。

棚橋はといえば、ソファに寄りかかってこちらを見下ろし、涼しい顔だ。

そのうちに、未明の内奥にはなんともいえないむず痒さが広がってきた。

魔法って……。

そういうことだったのか。媚薬の存在は知っていたが、使ったことはもちろん、使われたこともはじめてである。

下腹部はもう裂けそうなほどの射精感でマグマのごとくうねっていたが、根本を縛られているせいで叶わない。

「タナ……なんと、か……して、よ」

未明はネクタイを解こうとじたばたしたが、きつく戒められた両手は自由にならない。

「いい眺めだな、古澤」

棚橋はくっくっ笑いながらそんな未明を眺めている。

こいつ……。

やっぱサドだったんだ。

いや、サディストなんて生やさしい表現では足りない。悪魔だ、絶対。

「やだ、も……赦《ゆる》し、て……」

もがけばもがくほど、疼きは増す。充血した未明自身は、いっそ根本からちぎれ落ちたほうがまし、と思えるほど限界を超えている。

「ゆる、して……お願い、だか、ら」

これが「大人を揶揄ったこと」に対する仕返しなのか。

それにしたって、あんまりだ。

涙と鼻水で、顔がぐちゃぐちゃになっているのが判る。

せめてもの慰めに臀で床を擦ってみるが、フローリングの床はつるりとした感触しか与えない。

「ああ……ちぎれる……っ」

未明が一際高い声を放った時だった。

棚橋はおもむろに立ち上がり、床の未明を見下ろした。

「そんなに欲しいか、これが」

ズボンの前から摑みだした雄身を見せつけるように鼻先につきつける。

がくがくと、未明は何度も頷いた。

口に押し込まれたそれを、未明は夢中でしゃぶった。それで達かせて貰えるなら、なんだってする。そんな自暴自棄な感情が、未明から恥辱感を喪わせていた。

「そう……なかなかうまくなったな」

棚橋は未明の髪に手を突っ込みながら、未明の口腔を犯す。口の中で次第に質量を増すそれ。一刻も早く挿れられたい。

やがて、棚橋は未明の口から性器をひき抜くと、ふたたび膝を抱え上げていた。

それを待って淫らにひくつく入り口に、先端を突き入れる。

「あああ！」

「悦いのか？　どうだ」

「悦い、イイ……よお」

「あんなに痛がってたくせに、現金なものだな」

「あ……たがヘンな薬……ぬった、り……するから、だ……っ」

「おや？　生意気言うとイカせてやんないぞ？」

「いやあっ」

涙に霞んだ目の前に、棚橋の、冷たく整った顔がある。

ゆっくりと抽挿しながら、棚橋は未明を拘束していた紐を解いた。

「あ……ぁっ」

その瞬間、未明は呆気なく果てていた。

どくどくと脈打つ自身は、いつになく大量の精液を放出したかのように思える。

むろん、錯覚だったのだろうが。

だがなお、棚橋は中に入ったままである。

そのまま揺さぶられているうちに、出したばかりのものがまた悦くなりだした。

「あっ、あっ、うん……ん」

いつのまにか手首の戒めも解かれている。

自由になった手で、未明は棚橋の背中を抱きしめた。

「悦いのか？　そんなに……」

問われて、頷いた。

「そう……君は……可愛いな」

え、と訊き返すまもなく、抽挿が早まり、棚橋とともに未明は絶頂を迎えた。


その、射精の後のけだるい空気の中にいつまでも浸っていたかったのだが、気づくと身繕いをすませた棚橋が見下ろしている。

「これで満足だろう？　さっさと帰りなさい」

「え……」

ここで朝を迎えるものだと勝手にだが考えていた未明は、耳を疑う。

「聞こえなかったのか、帰れ」

「そ……んな」

たった今まで、熱いひとときを共有していた同志ではないか。

だが棚橋は冗談を言ったつもりもないらしい。未明の衣服をまとめて玄関のほうに投げると、

「セックスしにきたんだろ？　少なくとも俺はそれ以外で君に用などないんだが」

「んなこと……」

「目障りなんだ。早く行け」

棚橋の眸が、ガラス玉のように耿《ひか》っている。

可愛いと言ったのは……あれは、耳の錯覚だったのだろうか。

それとも、セックスの最中の他愛もない睦言の一種？

未明はのろのろと立ち上がった。廊下に散らばる衣服を身につけると、ドアに手をかける。

ふと思いついて振り返った。

棚橋はじっとこちらを見ている。

「俺は、タナちゃんのこと、本気で好きだから」

それだけ言って、棚橋の反応は確かめずに部屋を出た。

喪失感とやるせない気分を背負って、未明は夜の街をふらふらとさまよっていた。

結局、俺の帰る場所はここしかないのか。

いつものネオン、いつもの猥雑さが、傷ついた心をいっとき忘れさせてくれる。

セックス以外で君に用はない……。

縛られたことよりも、サディスティックな行為よりも、その一言がこたえていた。

最初から、違う次元の人間なのだ。

棚橋は……ここで見た、さまざまなフリークス以上に歪んでいる……。

そんなことを思いながら歩いていた時だ。

「ミメイ」

何度か顔を合わせたことのある男だった。木原という名だったか。バッジこそ貰っていないものの、その類の人種の間で泳ぎ回っている。うさんくさい奴だ。

「おう、ひさしぶり」

いちおう挨拶はしておく。木原は、未明の上から下まで、値踏みをするように見ている。

濁った爬虫類の目。

「じゃ」

看過して、歩きだそうとしたが、

「まあ待てよ」

木原は腕を摑んでくる。

必要以上の力で、未明は一瞬びくっとする。さっきまでの行為のことが、頭のどこかに残っていたのかもしれない。

「そうびびるなよ」

あげくには見抜かれてしまい、未明はますます胡乱《うろん》に相手を見竦めた。

「ちょっと会わせたい奴がいるんだ。悪い話じゃないぜ?」

木原はへらへらして言うが、目は笑っていない。

そんな木原が会わせたい人間とは、ろくな人種じゃないと決まっている。

「時間ないんだ、また今度」

未明はさりげなくその手を払ったが、それが木原を怒らせたらしい。

「こいつ!」

木原が叫ぶと、どこに隠れていたのか、チンピラが数名、現れた。

「……会わせたいっていうのは、これのこと?」

未明も負けてはいられない。ぐっと木原を睨み据えたが、相手は平然と、

「お前がおとなしくしないからだ」

路地裏に引きずり込まれる未明を、通行人たちは見て見ぬふりだ。しょうがない。ここは、そういう街だから。

「ここで犯っちまうの？」

誰かが問い、未明はぞくりとした。

冗談じゃない……さっきの今で、これ以上手荒なもてなしなどかんべんだ。

「それはさすがにまずいだろ」

「けど、こいつ暴れるぜ」

「じゃ、ちょっとおとなしくして貰うか」

声とともに何かが鼻先に押し当てられた。お香のような……薄荷《はっか》臭い匂い。

未明は首を振って逃れ、その指に噛みついた。

「こいつっ！」

声とともにみぞおちに一発、くらった。

うぐ、と声にならない声を発し、未明はその場に倒れる。

と、四方から手が伸びて、未明を押さえつけた。木原が顎を摑んでくる。

「やっぱ可愛い顔してんな」

「な……にがだよ！」

「一度お願いしたかったんだ。このキレイなお顔があの時どんなふうになるのかなって、さ」

「やめ……」

唇が塞がれる。木原のぬめぬめした唇が未明のそれを蔽い、舌が口腔内に侵入をはかる。

未明は歯を食いしばってそれを阻《こば》んだ。木原の唇からも、薄荷くさい匂いがする……。

「っ！」

木原は口を押さえ、後退《あとずさ》った。

「こいつ！　舌噛みやがった！」

「ディープキスできたんだから上等だろ」

「くそ、口の減らねえガキだぜ」

五人がかりで殴られた。頬を張られ、蹴りを入れられ、腹を何度も殴られる。

「顔は汚すなよ。もったいねえからな」

木原が命じた。

「好きだなあ、木原さんも。このクソガキのどこがそんなにいいんだか」

「なあに。味見してみりゃわかるって」

不吉な算段が、頭上でかわされる。

未明はなんとか抜け出そうともがいたが、不思議なことにもがけばもがくほど、身体に力が入らない。

逆に、抜けて行くような気がする。

「……？」

何度も頭を振って、自らを奮い立たせようとしたが、無理だった。

「効いてきたんじゃないの？　そろそろ」

一人がにやにや笑いながら言う。

「じゃ、このあたりのホテルにでもお招きしますか、お姫様？」

「こんなガキ、ここでじゅうぶんなんじゃないの、木原さん」

「だめだ。たっぷり愉しむには部屋がないと」

「……ほんっと、好きなんだねえ」

木原が仲間たちと組んで、しょっちゅうレイプを行っていることを、未明は思い出した。レイプといったって、どうせそこいらを歩いているスキだらけのお姉ちゃんだろうと、たかを括《くく》っていたのだ。俺には関係ないと。

だが今、未明はれっきとした被害者である。油断している場合じゃなかった。木原にこんな「趣味」があると知ってさえいれば……しかし、もう遅い。

未明は目を閉じた。どうせ、棚橋から強姦まがいの仕打ちを受けたばかりだ。どうなったってかまうもんか……あれ以上ひどいことなんて、きっとない。

力をなくした未明の身体を、木原が抱き起こす。

「乱暴してごめんな？　前から気に入ってたんだ、お前のこと」

「にしちゃ、少々扱いが悪いんじゃない？」

新しい声が割り込んだ。

「……ヒロキ！」

ヒロキは腕を組んで、すぐそこに立っている。

路地の入り口に、筋者とすぐに知れるお兄さん方が立っていた。

「あんたたちのおイタ、あのお兄さんたちにも目に余るってよ？　どうする？　木原さんよ」

「く……」

形勢逆転。木原は未明を放り出し、仲間ともども逃げてしまう。後を、お兄さん方が猛ダッシュで追っていく。

そんな光景を、未明はぼんやりした意識の中で眺めていた。

「だいじょうぶか？　ミメイ」

ヒロキが抱き起こす。

「うっわあ、派手にやられたな。でも兄ちゃん方が、倍返ししてくれるからさ」

「……りがと、ヒロ……」

礼を言おうとするも、舌がもつれてうまく回らない。

「なにお前、どうしたの?」

ヒロキも異変に気づいたらしい。心配そうに覗き込んでくる。

「な……か、かがされ……た」

「かがされた? クスリ?」

「んか……、ハッカみたい、な……」

「ハッカ? そうか、ソーダボールか」

「……ーダ?」

「最近出回ってる、新手《あらて》のクスリ。レイプする時、使ったりするらしい。頭がぶっ飛んで、サイケな夢が見られるとよ。ミメイ、今なにが見える?」

「……ヒロキの、顔」

「おう、まだまだまともじゃんか」

ヒロキは笑って、未明を抱えるようにして立ち上がらせた。

「しかし、足がないと不便だな。ソープでご休憩ってわけにもいかんし。誰か知り合いで車持ってて、来てくれそうな大人、いる?」

言われて真っ先に思い出したのはその顔だった。

「……タナ……」

「タナ? 田中?」

「携帯……」

末明は力の入らない身体をなんとか動かして、ジーパンのポケットから携帯を出した。

「タナ……棚橋伸行。これでいいの？」

頷く末明によっしゃと請け合って、ヒロキはてきぱきと発信ボタンをプッシュする。

「あ、もしもし？　棚橋さん？　古澤末明の友人ですが——」

ヒロキの声が遠くなり、末明にはもうなにも判らなくなった。


意識を喪ったといっても、それほど長時間ではなかったらしい。

気がつくと末明は、さっきの路地裏に坐っていた。

横にヒロキがいる。

「あ、気がついたか？」

どうやら末明を護《まも》ってくれていたらしい。心配そうに窺ってくる。

末明はぎこちなく微笑んだ。

「ヒロキ……ありがと」

「礼なんて、言われるほどのことじゃないけどな」

「ほどのことだよ。ヒロキは優しい」

クスリの効果が切れたのか、思った以上にすらすら言葉が出た。

「やめろって。俺喜ばないよ？　感情ないから」

「感情なくても、ヒロキは優しいよ」

ヒロキは莫迦、と顔を掻いた。

「でも、なんで判ったんだ？　俺が木原に拉致《らち》られたって」

「ああ。見てた奴がいて、教えてくれた。ちょうどあの兄さん方がいたから、助っ人頼んだ」

「って、本物だろ？　あの人たち」

「モノホンだろうがニセモノだろうが、俺は怖くねえ。それに、木原が近頃調子こきだしたって、あいつらはあいつらで目障りだったみたい。まあ、一石二鳥ってやつですか？」

「ヒロキ……」

「だから俺はだいじょうぶだって、心配すんな。あ」

ヒロキはなにかを発見したように、

「あの車、そうじゃない？」

路地の入り口に止まった車を指す。

未明はどきりとした。咄嗟のことで棚橋の名前を出したが、来てくれるなんて思っていなかった。

「待ってな。こっち来て貰うから」

ヒロキは身軽な動作で立ち上がり、車のほうへ行く。

そして二人並んで歩いて来るのを見て……未明は驚愕した。

「古澤君。だいじょうぶですか？」

なぜここに恩田がいるのか、一瞬理解できない。

「ヒロキ……俺」

「ちゃんとタナハシさんに電話したよ？　違う人みたいだけど、先生なんだろ」

「保健医です」

恩田はいつもの温厚な態度を崩さないまま笑顔になった。

「タナさんから電話があってね、ここに来いっていうことだったんですが。そうか古澤君のことだったんですね」

しゅわっと炭酸が抜けるように、気持ちが沈んで行く。

……無視した。またしても無視した。俺のSOSも届かなかった……。

「これはまた……ひどくやられましたね」

恩田は未明を支えて立たせる。

「保健室の先生だっていうからさ。その、タナなんとかよりもいいだろ？　お前ずいぶん、殴られてるし」

「……うん」

未明は仕方なく頷いた。

とたんに、耳許で恩田の笑い声が弾ける。

「これはどうも、すみませんでした、俺で」

「おい、保健室の先生よう、笑ってる場合じゃないだろ？　生徒だぜ？　あんたの」

「いや、いいんだヒロキ」

未明は周章てて、気色ばむヒロキを制止した。

「ありがと……オンちゃん」

失意の中にも礼儀は忘れてはならない。

「大きな怪我はないようだが……どこか痛みますか？」

心、と応えそうになって口を噤む。

「とりあえず、送ります。それとも俺の家で手当したほうがいいのかな」

「いいよ、家に帰るから」

「でも帰ったって、一人でしょう？　古澤君」

「え、『オンちゃん』てそんなことまで知ってんだ……ミメイのコレ？」

「んなわけないだろ。オンちゃんに失礼だよ」

「だってさ……」

「いや、いいんですヒロキ君？　古澤君とは保健室仲間ですから」

「……変わった先生だな？」

ヒロキは眩しそうに恩田を見上げている。

「俺学校に行ってねえから判んないけどさ、中学ん時の保健室のババアときたら、すぐに仮病を疑うヤなおばはんだったぜ」

「それはヒロキ君が仮病ばっかり使ってたからでしょう」

「……。ミメイ。いい先生に縁があってよかったな」

ヒロキは悪態をつきたいのだろうが、相手が相手だけにそうも行かないようだ。

「そう、いい先生なんですよ」

「自分で言うかよ、ちぇ」

初めて見た、ヒロキが大人相手に仲間同士のような態度で接しているところ。くだんの「顔見知りの怖いお兄さん」にだって、決して本音など吐かない。

「いや、俺じゃなくあっちが」

恩田は近づいてくる車を指で示した。

未明の心臓は、今度こそひっくり返りそうになる。車を降りて出てきたのは、

「タナちゃん……」

「やっぱり来たか。そんなに俺には信用がないのか」

言いつつも、恩田は愉しそうだ。

「よかったですね、古澤君」

「え、なに、どういうこと」

「君が最初に電話をかけた相手が、予定通り到着した、ってことだよ」

「なんかややこしい話？　俺苦手なんだけど、そういうの」

「いや。判らなくても生活には困りませんから」

「あんたってほんと、変わってるな」

ヒロキと恩田の、どこか漫才調の会話のあいだにも、棚橋は、苦い茶でも飲まされたかのようにこちらを見ている。

「なんてざまだ、古澤」

自分がさんざん未明を弄んだことなど、忘れたかのように言う。

「仕方ないだろ、相手はヤー公と紙一重のが五人がかりだ」

「ってミメイ、そういう問題でもないと思うぞ」

「いいんですよ、ヒロキくん。我々ははけよう」

「なに、俺は邪魔だってこと？」

「ドライブに誘ってるだけです」

「え、マジ？　行く行く」

ヒロキは、掌を返したような態度で、いそいそ恩田のパジェロに乗り込んで行く。

後には沈黙が残された。

「なにかされたのか？」

「殴られて……なんかヘンなクスリ嗅がされた」

棚橋の顔をまともに見ることができない。未明は俯いて、ぼそぼそ説明した。

「クスリ？」

「もう切れたから平気だよ。帰っていいよ」

「呼び出したのは君だ」

棚橋は憮然として言う。

「いや、正確には君の友達……さっきの彼なんだろうが、俺に連絡するように言ったのは君だな？」

「……。悪かったよ。ほかに思いつかなくて」

「そういう意味じゃない。乗れよ」

未明は耳を疑った。しかし棚橋は既に運転席に乗り込み、助手席側のドアを開ける。

「タナちゃん」

「とりあえず、こんな所に車が道塞いでちゃ世間に迷惑がかかる」

「……」

未明は仕方なく、リアシートに坐った。

居心地が悪い。

車は繁華街の人混みを縫うようにするする走って行く。

やがて大通りへ出ると、棚橋がぶつりと、

「俺の所でいいか？」

「え」

「君の家を俺は知らん。他人からナビゲートされるのは好かない」

いかにも棚橋らしい言葉だったが、未明には縛られた恐怖が甦って、咄嗟に返答できない。

「……さっきみたいなことは」

すると棚橋から、言った。

「しないから。そう怯えるな。また縛りたくなる」

「そ……」

「冗談だ。いちいちびくつくな」

判りにくい冗談だ。

しかしそれでも、気が変わったかして迎えに来てくれたことには感謝せねばならないだろう。

いや感謝というか……単純に嬉しい。頭上にあった真っ黒な雲が切れて、青空がのぞいたような気分になる。

そして、悟った。

俺、ほんとにこの人のことが好きなんだ……。

邪険に扱われようと、ただの性欲のはけ口に使われようと……あんな扱いを受けた直後だというのに、心がはずんでいる。

以前なら考えられないことだ。女の子とつきあったことも何度もあるが、常にイニシアチブをとり、かしずかれ、尊重されることをしかよしとしない。ワガママ大王。そんなふうに言いたい奴は、去ればいい。

それが……。

棚橋の一挙手一投足が気になる。いい顔をされれば嬉しいし、不機嫌なら心配になる。犬みたいな俺。実際犬なんだろう。ゴールデン・レトリバーかチワワか柴犬か、そこらをぶらついている雑種の野良なのかは判らないけれど。

やがて、棚橋のマンションが見えてくる。

「先に行ってろ」

鍵を渡された。一瞬、このまま鍵屋に飛んでいって、合い鍵を作りたくなる。

もちろんそんな余裕はないので、未明はまっすぐ棚橋の部屋に向かった。

さっきまで痴態を演じていたリビングに入るのは気がひけたが、他の部屋といったら寝室しかない。

玄関先で突っ立っていたら、棚橋が上がって来た。

「なにやってんだ。入れよ」

「う、うん……」

「俺が怖いのか？」

未明は振り返った。棚橋の眸に、今までに見たことのない何かを見出して、反射的にかぶりを振った。

「なら、入って」

リビングで、手当を受けた。といったって、簡単なものだ。転ばされた時に擦りむいた膝をオキシドールで拭き、腹や背や、蹴られた箇所を湿布する。

「素人なんで、このくらいしかできないな……痛むか？」

救急箱を閉じながら、棚橋が訊いた。いや、と未明。ほんとうは、かなりの痛みが残っていたのだったが。

「この様子じゃ、風呂は無理だな。もう寝るといい」

棚橋は寝室のドアを示す。

「え、だってタナちゃんは？」

「俺はソファでいい。怪我人をここに寝かさせるほど自己中でもない」

言った後、

「――なんて言っても、信憑性はないか。なにしろ厭がる生徒を縛って凌辱するような教師だからな」

「そんな……あれは俺がヘンなこと言ったからで……」

未明はしどろもどろにフォローしたが、棚橋はそんな未明を面白がるように見ている。

他の言葉を思いつかなくて口籠もる未明の頭をこん、と軽く叩くと立ち上がった。

冷蔵庫からミネラルウォーターの小瓶を取り出すと、戻ってくる。

「口、開けて」

「？」

言われた通りにすると、口の中になにか錠剤のようなものが押し込まれた。次いで水。

「なに、これ」

「よく眠れる薬」

棚橋は言い、首を傾げている未明を見て苦笑した。

「ヘンなもんじゃない。ただの眠剤だよ」

「眠剤って……タナちゃん不眠症なのか？」

「そうだった時期もある、ってことだ。さあ、お子様はお寝みの時間だ」

寝室に追いやられ、未明はジーンズだけを脱いでベッドに横たわった。

冷たいシーツに顔を押し当てると、棚橋の匂いが感じられるような気がする。

それがこんなに安らいだ気分になるのは……あんなことをされてもまだ信じようとしているのは……なんなのだろう。

なにもくそもないか。それが恋をする、ということだ。

棚橋が薬に頼らねばならなかった時期というのは、やはり、あの、彼女を親友に奪われた時のことだろうか。

恋愛なんかで……そう言ってはなんだが恋愛ごときで……毀れるような脆《もろ》い男ではないような気がするのだが……。

いろいろ考えていた未明だったが、やがて睡眠薬が効いてきたのかいつしか眠りに落ちていった。


キッチンのほうから、いい匂いが漂ってくる。

翌朝目覚めた未明が寝室のドアを開くと、それは香ってきた。

なんか懐かしい気のする……ああ、これはみそ汁の匂いだ。

そうと判って、次にはぎょっとする。キッチンに立っていたのは棚橋その人だったから。

「なんだ」

未明に気づいて、目を眇める。

「いや……その」

「俺がキッチンに立ってたら、そんなにおかしいか」

「そ、そういうわけじゃないよ」

おかしくはないが、意外だった。

未明はソファに凭れて、野菜を刻んだり、鍋を洗ったりする棚橋を眺める。

エプロンこそしていないものの、未明にとってはフリルのエプロン姿を見せられたくらいのインパクトがあった。料理をする棚橋。

「ぼうっと見てないで、手伝ったらどうだ」

そんな思いに気づいたのか、棚橋が憮然と振り返る。

「あ、ごめん」

未明は周章てて立ち上がった。が、朝食はすでにできあがっており、未明の手伝うことといったらそれを運ぶぐらいである。

だし巻き玉子、アジのひらき、そして野菜サラダとみそ汁の朝食が、テーブルに並んだ。

玉子には大根おろしが添えられ、サラダのドレッシングは手作りらしい。

「なんだ？」

意外の念にうたれて言葉の出ない未明に、やはり棚橋は仏頂面で、

「だから。俺が料理なんかしてたら、そんなにヘンかって」

「へ、ヘンじゃないよ、それは。ただ……」

「ただ?」

「いや、タナちゃんが料理するなんて思ってなかったから……意外っつうか」

結局素直に言うことになる。

「意外でもないだろう。いい年をした独身者に、他にどうやって食事を調達しろと?」

「いや……ていうか、オンちゃ、恩田先生は朝はドトールですませるって言ってたし」

いつか聞いた、そんな話をしてみる。

「あの人はそうでも、俺は違うんだ。原価三〇円もしないコーヒーとパンに、五百円も投資する気はない」

なるほど、言われてみれば棚橋の言い分ももっともだ。

「そんなことはどうでもいいから、メシを食え」

「あっ、はい。頂きます」

未明は両手を合わせてから箸をとった。

みそ汁の具はワカメと油揚げである。味噌の加減がちょうどよい。

「旨い」

思わず声に出してしまった。

棚橋はにこりともせず、

「そうか。よかった」

ほかほか湯気の立つ炊きたてのご飯。朝から口にするのは何年ぶりだろう。恩田のことなど言えない。末明もじゅうぶんにジャンクフードの申し子である。

サラダはレタスとトマトとベビーリーフ。イタリアンドレッシングの味もいい。

「タナちゃんさ、いつもこんなの自分で作んの？」

「いつもはもう少し手抜きだな。だし巻きは作るが」

「ええ、こんな面倒そうなのを？」

だし巻きは十二分に旨かった。甘みのない、末明の好きなタイプ。ふわりとしていて、しかも上手《じょうず》に巻いてある。

「卵焼きを作るのはある種、趣味だ」

「ええっ」

「なんだよ。俺が玉子焼いてたらいけないのか」

「そ、そうじゃないけど……タナちゃん、結局料理好きなんだね？」

末明の問いに、棚橋は首を傾げた。

「好きかどうかは別として、料理する時は料理のことだけしか考えずにすむからな」

ということは、いつも他のいろいろなことで頭を悩ませているという意味なのだろうか。

親友に奪われた恋人、という告白が過ぎって、未明の胸はちくんと痛んだ。

「勝手に想像するなよ」

すると、未明の考えたことを察知したかのように棚橋が釘をさす。

「い、いや、俺は……」

「友人とは絶交したし、女とは別れた。どちらも、今となってはどうでもいいことだ」

「タナちゃん」

「食ったら、帰れ」

つい感傷的になる未明に、棚橋は冷然と命じる。

「え」

「その恰好で登校するつもりか……もっとも君は、気が向いた時にしか学校にこないらしいがな」

「……判ったよ」

未明はしぶしぶ頷いた。もっとここで棚橋と話をしていたいというのは、やはり無理か。だいいち、棚橋は未明と違って、気が向かなくとも学校に行かねばならないのだ。

「じゃ、片づけは俺がやるから」

せめてもの申し訳に未明は言ったのだが、棚橋は冷たく、

「当然だ」

……そうですか。

遅刻するから早くしろ、と後かたづけを急かされ、未明は大周章てで皿を洗ったり、ふきんで拭いたり、食器をしまったりした。

よく見ると、食器類はすべて二枚ずつ揃っている。ふきんの柄も、なんとなくファンシーだ。

およそ棚橋らしくない……と考え、そこに彼女の影を感じた。もしかしたら、この部屋も、結婚用に買ったか借りたかしたのかもしれないのだ。

それとも、既に同棲していたのだろうか……棚橋の昔のことなど、ほとんど知らないでいる自分に、未明は気づく。

知っているのは恋人と親友に裏切られたという事実だけ……。

「なにぼうっとしてんだ。時間がなくなるぞ」

「でもまだ七時……」

「湿布薬を取り替える。こっちに来い」

思いがけず言われて、未明の心臓はまたきゅん、と疼いた。

棚橋に背を向けてTシャツを脱ぐ。膚を見られることがこんなに気恥ずかしいことだとは思いもよらなかった。まして相手は同じ男である。

「痛っ」

湿布薬を剝がされる時、ずきんとした。

「少しは我慢しろ。男の子だろ」

棚橋には珍しく、冗談っぽく言われ、別の箇所がずきんとする。

「だいぶまだ腫《は》れてるな」

冷やっこい感触とともに新しい膏薬《こうやく》が貼られる。

「そりゃ、チンピラが五人がかりだもん」

「……。同情はできんな。あんな場所にいた君が悪い」

「そうだけど……あんな、っつったってタナちゃんだってよく出没するじゃんか」

「俺は、チンピラ風情に囲まれるようなことはしていない」

そりゃそうだけど……未明は腹の中で呟く。冷たい言い方。でもって、優しいところもある。いったいどんな人間なんだろう。

どんな男でもしょうがない。好きになってしまった気持ちは後戻りできない。

「俺だって、ただいただけだよ？」

「それがまず、いただけないな。高校生が遊べる場所じゃない。ヤクザが取り仕切ってるんだからな、あの街は」

「じゃ、なんでタナちゃんは行くの？」

「俺は、べつに殺されたって未練はないからかな」

未明はまた心臓が痛むのを感じた。棚橋がどんな顔をしてその言葉を吐いたのか、見ていなくてよかったと思う。

恋人の存在は、それほどまでに大きかったのか……。

「一丁あがりだ」

センチメントに浸るひまもない。仕上げに痛めた箇所をぽんと叩かれ、未明は飛び上がった。痛っ。

「さて俺は仕事に出かける。送ってやれないのはご愁傷様だが、一人で帰れるか？」

「……。ここで、タナちゃん待ってようかな」

冗談まじりのかなり本気で言ってみたのだが、

「ごめんだな」

一言の下に斬り捨てられ、意気消沈。

「判ったよ、帰りゃいいんだろ、一人でおとなしく」

「登校しないんなら、そのほうがいいだろう。どうせ、心配している家族なんかいないんだろうが」

「――タナちゃん。また言いにくいことを、よく平気で言えるよね」

「君が言ったんだろう。金はあるけど愛情のない家庭だって」

「そりゃそうだけどさ」

ミもフタもないとはこのことだ。しかし、にこりともしない棚橋を見ていると、不満を抱いてしまう。

「そんな家庭ははいて捨てるほどあるし、君みたいな子どもも、また然《しか》りだ。いちいち同情なんかしていたら、やっていられない」

棚橋は追い立てるように未明を玄関まで歩かせ、ゆっくりと靴を履いた。

未明が、痛む身体をかがめてスニーカーを履くまで待っていてくれたのだとは、別れてから気づいた。

8

「へーえ。じゃ、あのセンセん家に泊まったんだ」

昼間からハイネケンの瓶をラッパ呑みしながらヒロキが言う。

「そんな親切野郎には見えなかったけどな」

「俺だってびっくりだよ」

オープンカフェのテラス席に、爽やかな風が吹き抜ける。もうじき暑くなる、その手前の過ごしやすい季節。

だというのに、こんな所で男二人で暇を持てあましているのはどうかと思われるが、店の他の客も全員男なので仲を疑われる心配はない。

くだんのゲイストリートにある店だった。

「で、何発やった？」

「……。そういうお前はあれからどうした？」

「家まで送って貰ってはい、さようならだよ。オンちゃん？　あのセンセ、まったくそっち方面には関心ねえのな」

「まあね。今、一年でアタックかけてんのがいるけど、判っててはぐらかしてるみたいだから」

未明はグラスのジンジャーエールを一口飲んだ。

「えへえ？　じゃ、俺があの手この手で誘いをかけたのも、全部お見通しってわけか？」

ヒロキは心外そうに言う。

「お前、そんなことしたの？」

「したさ。ホテルの前を通る度、いっぺんこういうとこに泊まってみたいな、とかさ。あ、ラブホじゃないぜ？　ちゃんとした、立派なホテル」

「そりゃますますかわされるわ。オンちゃん、そういうめんどくさいの嫌いそうだから」

「だろうなあ。俺もしまいにあきらめた。傷ついた、プライドが」

「んな、やんなくてもいいことわざわざやるからだよ。放っとけばいいじゃんか」

「だってあの人、なんかいいんだもん」

「……ヒロキ、そっち系の人だったっけ？」

「じゃないけどさ。あの人はなんかこう……こっちを向かせてみたくなるんだよなあ」

「それは一生無理だ」

「ちくしょう、携帯ぐらいなんとかもぎとっとくんだった」

ヒロキは心底悔しそうに言う。

「あ、俺知ってる」

「なに？　なんだって？　ミメイはあの冷血人間が好きなんじゃなかったのか」

「オンちゃんのいない時に、くだんの一年が携帯チェキってたんだよ。で、俺も。冷血野郎の番号控える時、ついでに」

「ついでで入れるなよ！　教えて」

「本人の了承もなしにはだめ……そのシャツ、リバースの新しいの？」

未明は話題を逸らすべく、ヒロキによく似合う赤いウエスタン調のシャツを指した。

だがヒロキは食いついてこない。

「ようよう、イタ電かけるだけじゃん。　教えろ」

「ますます教えられるか！」

「じゃ、今かけて訊いてよ」

おや、と未明は思う。ヒロキがこんなにしつこくなにかにこだわってくるのは初めてのことだ。

「なんだよ、お前マジなわけ？　オンちゃんは難しいぜ？　落とすの」

「そんなんじゃねえよ……ただ、なんとなく話してみたいなとかさ」

ヒロキは、初恋に目覚めた女子中学生みたいな様子で俯く。

気持ちは判る。いやめっちゃ判る。しかし、今ここで恩田に電話をして、返事がノーだったらヒロキがどこまで落ち込むか予想ができないだけに、うかつなことはできない。

「即行でふられても、キレない？」

で、訊いてみた。

「……自信ねえ」

「ほら」

「今度学校に行った時に訊いてみるよ。だめだったらこの話はなしな？」

「今度って、お前ほとんど行ってねえじゃん」

「最近は行ってんだよ、ほとんど」

「マジ？　なにそれ。あ、センセ目当てに？　かーいいの」

さっきまで初恋少女だった自分のことなど忘れたかのようにヒロキは冷やかしてくる。

「そんなんじゃ……あるけどさ」

ヒロキに隠していてもしょうがないので、未明は渋々認めた。

「いいなあ、で何発やった？」

「んなこと訊くなよ。数えてないって」

「うわ、数え切れないほどやっちゃってんだ。やーらしいの」

「そ……」

「で、昨日は？　何発やった」

「やってないって言っただろ」

「嘘つけ」

「マジに。ベッド貸してくれて自分はソファで、朝飯作ってくれた」

「うわ、めっちゃラブラブ」

「だからそんなんじゃないって……」

未明は、冷やかすヒロキを睨んだ。

「だって話だけ聞くとラブじゃん？　それって」

「話だけはね……」

たしかに表面上に出ているのはそういうことかもしれないが、実際問題、棚橋がなにを考えて行動しているのか、ここまで来てもまだよく判らない。

「情けない話だなあ、それ」

ヒロキは笑うが、未明にとっては笑いごとではないのだ。

それに気づいてか、ヒロキは笑うのをやめた。

「俺さ、ほんとはミメイが羨ましいのかもしんない」

ハイネケンの瓶を弄びながら呟く。

「羨ましい？」

「そんな純粋に人、好きになってさ。一喜一憂したり、じたばたしたり。そういうのに憧れてんのかもな、俺」

「憧れられても、俺かなりかっこ悪いよ？」

未明は自嘲したが、ヒロキは、

「かっこ悪いからかっこいいんじゃんか」

真剣な面持ちで言う。

「少なくとも俺、今までそんなに好きになったことないからさ。すぐ飽きるっつうか」

「ヒロキはそういう性格なんだろ、だから」

「そうなのかもしんないけど、でも、こういろいろなかったら、俺だってマジ恋愛ぐらいできてたかもなって思うよ」

「いろいろって、感情がないとかいうやつ？」

「それもある。俺、かっこつけてこんなふうに振る舞ってるわけじゃねえんだ」

「うん」

「ただ、他人に対してどうしても……負の感情っつうかさ」

「ヒロキは怖いものなしじゃん」

「いや、関係ないヤー公とかそういうんはどうでもいいんだ。俺が今までいちばん感情を動かされた時って、これ」

ヒロキは、左手首のリストバンドをまくってみせた。

「――」

あきらかにリストカットの痕がそこにはついている。縫合傷だから、かなり深かったはずだ。よく言われるところの「ためらい傷」というのがない。

「……養父とか兄貴とかに腹、蹴られたり殴られたり、そんなんばっかだった毎日じゃん。俺どっかで逆転したくてさ。遺書残して自殺でもしてやればあいつらも多少は寝覚めが悪くなんのかなって思って……でも怖くてやれなくて」

ヒロキは一拍おいた。

「でも、母親にさ……俺にしてみりゃ唯一の肉親に、あんたさえいなければ家は平和だったのにって言われた時に、もうだめだって。中一ん時だよ。風呂場に閉じこもってI字型のカミソリの刃をさ」

未明のグラスからストローを抜くと、折り曲げた。

「こうやってV字型に曲げっと、深く切れるんだよ。それで、抉った、てめえの手首を」

未明は思わず目を閉じた。想像できる凄惨な場面よりも、淡々と話すヒロキの口調のほうが怖い。

「……結局、風呂場のドア破られて病院担ぎ込まれてさ、PTSDだなんだって病名くっつけられて入院させられかけたけど、養父と母親が体面気にして無理矢理退院させられて……また虐待の日々に逆戻り」

そうしてだんだん、感情が殺されていったのだとヒロキは言った。

「今でも思い出すのか？　そのこと」

未明は訊いた。

「たまにな。でも中学出てからは家出て、勝手気ままに暮らしてるから多少発散されてるよ」

「実家とは？」

「全然。でも毎月口座にそれなりの金が振り込まれてる。俺が餓死死体で見つかりでもしたら、それこそ大変だからだろ。兄貴はしつこく追っかけてきたけど、勇気をふるって一発顔面にブローいれたら、打ちどころがよかったかして前歯三本きれいに折れた。以来、俺の身体はあきらめたらしい」

「身体……って、ヒロキ、その……」

「あ、忘れてた？　オヤジたちの暴力は途中から性的虐待に変わったんだよ。小五の頃かな。母親が再婚したのが三年の時だから、さすがにガキすぎて手を出す気にはならなかったらしい」

「なられてたまるかよ！　なんだよそのおっさんと兄貴。今度きたらチンコにスピリタスかけて、火つけてやれ」

「そりゃいいな」

ヒロキは手を叩いて喜んでいる。で、と真顔になった。

「俺は誰も愛したりしないいし、誰からも愛されない。それでいいと思ってた……つい最近まで」

「おい、オンちゃんの責任重大すぎない？　っていうか俺も」

「プレッシャーかける気じゃねえからだいじょうぶだよ。ただ、あの人だったら、俺の過去聞いても、そうですかー、なんて笑ってくれそうでさ。ヘンな同情とか励ましとかされそうになくてさ。いいなって思っただけ」

「うん……」

たしかに恩田なら、他人のヘヴィーな過去の話も、あの、馬力のある笑顔一発で吹き飛ばしてしまいそうである。

「ま、そんなことはどうでもいいんだけどな」

ヒロキはとたんにけろりとして言う。言うだけ言ったので気が済んだ、ということなのだろうか。ハイネケンをまた一口。

「なんか面白いことねえかなあ」

そして、呟く。

「俺がついに学校クビになるとか？」

「やめろよ。お前に学校やめられたら、オンちゃんに近づけねえじゃん」

また話題が戻っている。

「結局、好きなんだな？」

未明が軽く突っ込むと、ヒロキは鼻の頭を掻きながらまあなあと答えた。


そんなヒロキにほだされたというわけでもないが、未明は翌日昼から登校した。

といっても、教室には行かない。直行するのは保健室である。

「おや。古澤くん。こんにちわ」

恩田はいつものようにくつろいだ様子で未明を出迎える。

「最近皆勤賞ですね。心境の変化ですか？」

にやりとして言う。

知っているくせに。未明は上目に恩田を睨む。

「悪かったよ。問題児が毎日のように学校に来やがってよ」

「悪いなんて言ってない。ただ、タナさんの顔見るには教室に行かないと」

恩田は、未明の鞄に目を遣って言う。

「……今日は物理、ねえからよ」

愉しそうに笑う恩田をやはり恨めしい思いで眺めた。

「ったく、オンちゃんなんか、どこがいいんだか」

「は？」

「いや……」

お茶を淹れましょう、と恩田が立ち上がったところだった。聞こえなかったのかもしれない。

「紅茶でいいですか」

「なんでもいいよ」

「じゃ、センブリ茶にしますか」

「紅茶がいいよ！」

まったく。恩田は愉しそうに笑う。

「いつも思うんだけどさ。なんでコーヒーっていう選択肢はないわけ」

「あ、俺が飲めないから」

「オンちゃん……なんか宗教とか……」

「入ってないよ。単に、苦いのが嫌いなだけ」

恩田は、湯気の立つティーカップを二つ、机の前に運んできた。

「子どもじゃん」

「子どもなんだよねえ」

素直に認められると、揶揄うのも面白くない。だいたい人のことは揶揄っても、揶揄う種を意外に見せない男だ。というより、弱点を弱点として晒せる人間なのだ。無防備で明るい。人間に曇りがない。

「……俺、なんでオンちゃんを好きにならなかったのかなあ」

思わずぽつりと呟いていた。

「は？」

恩田は首を傾げた。

次には大爆笑が起こって、未明は、

「オンちゃん……」

「またそれか！　俺は永遠の第二志望かい」

「ごめん……」

「いやいやいや。人の気持ちばかりはねえ、どうにもできませんから」

「だって俺、今すごくしんどいよ？」

「それは相手が悪かった……気の毒だ」

「……。ぜんっぜん、気の毒そうに聞こえないんだけど」

恩田はまた大笑いして、未明に仏頂面を作らせる。

「だって、愉しそうですよ？　タナさんも古澤君も」

「どこがだよ」

だいたい、恩田がおかしなことを言うから未明が有頂天になって、それで調子に乗って
あんなことになったんじゃないか……棚橋から受けた、手荒な洗礼のことが甦る。

しかし、その後、未明の危機に駆けつけてくれたんだからプラスマイナス、ゼロなのか。

「昨日だって」

と思っていたら、恩田のほうから切り出して未明はどきりとする。

「俺に、生徒がチンピラにからまれて殴られたらしいから助けに行ってくれ、なんて言う

から駆けつけてみたら古澤君だし。なんでタナさん、自分で行かないんだろうと思ったら結局来てるし」

「それは……」

「いいじゃないですか。あれだよ、ラブラブじゃないですか」

恩田は、「ラブラブ」などという言葉を使ったのに照れたかして苦笑する。

「ラブラブなんて……」

未明は口を尖らせた。

「ほど遠いよ。タナちゃんは冷たいし、俺のことなんてなんとも思ってない」

「完全に無関心なら、昨日、あの現場に現れたりしないよ。タナさん、そういうとこシビアだから」

「だって……腕枕だってまだ、して貰ってないよ？」

未明はぼそぼそ言った。恩田の言う可能性への期待と、そんなはずはないというあきらめの気持ちと両方ある。

「腕枕ぐらいなら、俺だってできるよ、そんなの」

しかし恩田は、そんな未明の複雑な胸中さえないものとしてゆくのだ。

「……だったら、やってよ」

そんなことを口にしたのは、暢気な恩田に対する逆襲のつもりだったのだろうか。

なっていた。

ほんとにやる気かよ……未明はやや呆れながらもそんな恩田を見直すような気持ちにも
恩田はベッドのカーテンを開いて未明を手招きした。

「……判ったよ。こっち来なさい」

「やってよ、今すぐ」

「古澤君ねえ」


保健室のベッドは、大の男が並んで寝るには狭すぎる。

自然、身体が密着することになり、未明は妙な気分でもぞもぞとした。

頭の下には約束通り、恩田の腕がある。

それは暖かくて勁くて、油断していたらよけいな感情が沸いてきそうで、困る。

「オンちゃんはさあ、いつもこんなことやってんの？」

動揺を隠すように、切り出す。

「いつもとは」

「だからさ、その、彼女とかに」

言ってから、いちばん訊いておかねばならないことを思い出す。

「オンちゃんて、ぶっちゃけ彼女いんの？」

「んあ？　いきなりプライベートなことに切り込んできたなあ」

「あ、ごめん……厭だったら答えなくていいよ」

「いや、べつにいいけど。彼女は、まあ普通にいるよ」

やっぱり……。ヒロキの顔が浮かんで、未明は判っていたとはいえ少しがっかりする。

「普通にいるって、どういうことだよ」

だが食い下がってみた。押しの一手。こんな時に用いる言葉なのかは判らないが。

「だから、デートしたりする相手はいるよ？　そりゃいるでしょう、普通」

「オンちゃん……もてない男が聞いたら半殺しの目にあうよ？　そういう発言」

「んー、そうかな。俺、あんまそういうので悩んだことないけどな」

「そういうのって」

「だから、彼女がいるとかいないとか。あんまピンとこないんだよね。クリスマスなんて、大騒ぎじゃないか、世間は」

「それは、不自由したことがない人の言い分だよな」

「ん？　そうかあ？　べつにもてないよ俺」

「嘘ばっか。じゃ、そのクリスマスに一人だったことってある？」

「……憶えてないねえ」

「ほら」

「ほら、って……なんかこの体勢でそういう話してると、痴話喧嘩みたいなんですけど？」

そういえば。未明は状況を思い出す。ひとつベッドで腕枕。なんともやばいシチュエーションだ。

「オンちゃん、身の危険感じない？　俺、ばりばりホモなんすけど」

「は？　ああ、そうか……っていうか、君に俺は押さえ込めないでしょう。いきなり咥えられたら判らんが」

「咥えるって……高校生相手に言う科白《せりふ》じゃないよ、それ」

「だって、君がそっちのほうに話を持ってくからじゃないか、それは」

恩田がこちらを向くと、殆どキスするのと変わらない状態になる。恩田の顔の大アップ。意外に長い睫毛。ハンサムというのではないけれど、人好きのする顔だ。なにより内面が表情に出ている。

……そりゃまあ、好きになるよなあ。

「オンちゃんさあ」

その、顔がくっつくかくっつかないかの距離のまま未明は言った。

「オンちゃんを好きかもしれない男がいるって言ったら、やっぱキモい？」

「は？」

「そっちのほう」

とはいえ、こんな展開は予想していなかったらしく、恩田は目を丸くする。あ、かわいいかも。

「なんだ、それは」

「だから。オンちゃんを好きかもしれない男がいるんだよ。あ、宮園じゃなくて」

「どこに。学校？　君のクラス？」

「いや、学校じゃないんだけどさ……その」

「宮園君じゃなくて学校でもなくて、君の知ってる人で俺も知ってる相手っていうと……」

恩田は、なにかに思い当たった顔になった。

「あー……昨日の？」

「いや。それはまだ言えないんだけど」

「言ってるのと同じじゃないか」

至近距離で爆笑されると、息がかかってどぎまぎする。たしかに、この笑顔に惹きこまれる宮園や、ヒロキの気持ちも判らなくはない。

「参ったなあ。一目惚れかよ……って、車で送った時には、そんなそぶりは全然」

「まだ聞いてないだろ……いや、一目っていうか、行動っつうか」

「行動と言われますと？」

「なんか、ツボだったらしい。昨日のオンちゃんの態度とかその……顔もあるだろうけどさ」

「とってつけたように言わんでよろしい。古澤君の『タナちゃん』より劣るよ、そりゃあ」

「だってあいつ、人間性めちゃくちゃだもん」

「ははは。そりゃしょうがないでしょう、タナさんは」

「タナちゃんが？」

「いや……」

恩田は曖昧に言葉を濁し、それ以上の質問を未明に赦さない。

「……とりあえずさ、ヒロキに携帯教えていい？」

気にはなるものの、訊いておかねばならない任務は遂行しなければならない。

「そらまあ、イタ電百万回なんていうんじゃなければかまわんが」

「ヒロキはそんな奴じゃないよ」

「わはは……で、そろそろいいですか？」

恩田は言葉を切って、腕枕しているほうの腕をくいくいと動かした。

「痺《しび》れてきてるんだが」

「あ、ごめ……」

言いかけた未明は、そのまま凍りついた。

いつの間に入って来たのか、棚橋がそこに立っていた。

カーテンを閉じていないから、誰が見たって「保険医と生徒がベッドでなにかしている、あるいはしようとしている」場面だろう。

「あ、タナさん。噂をすれば」

未明の頭をさりげなく外し、恩田がむっくり起き上がった。

棚橋の顔は、蒼白になっている。

「貴様ら……」

喉の奥からようやく押し出した、という感じで発した声は、怒りに震えている。

「いや誤解です。なにもしてませんから、ただちょっと、不自然な体勢で話を――」

「どいつもこいつも、俺を裏切りやがって！」

未明はベッドに横たわったまま竦んだ。

こんなに感情を露わにする棚橋を見たことがない。

いや、感情というか激情……腹の底からわき上がる憤怒。

そして、本物の怒りを露わにした棚橋には、どんないいわけも通らないのだということも知った。宥《なだ》めようとする恩田さえ足蹴にせんばかりの勢いで白衣の裾を翻し、荒々しく出ていく。

背中が、すべての「他」を拒否していた。人もなにもかも。

叩きつけるように引き戸が閉じられ、恩田があーあと首筋を掻く。

「誤解されてしまいましたね……いや、誰でも誤解するか」

「オンちゃん、俺……」

　未明はようやく身を起こした。

「どうしよう。いいわけなんかできないよな」

　声が軟弱に震えるのが自分でも情けない。

「無理……みたいですね。タナさんは、こういうことには敏感ですから」

「……つきあってた彼女、親友に奪られたって……」

「ああ、そういうこともありましたねえ」

「ってオンちゃん、なんで知ってんの」

「聞いたから。本人に。そういう古澤君も？」

「うん……」

「ってまあ、聞かなきゃ知るわけないか……大学での話も？」

「大学？」

　恩田はまずいことを口走ったと思ったか、一瞬しまったという顔になったが、未明は聞き逃さない。

「大学って、研究室の助手だかなんだかだった頃の話？」

「そう。やっぱ話してなかったか、やばいなあ」

「聞かせてよ。ここまで聞いちゃったら、教わらなきゃ帰れない」

「まあ、そうだな。古澤君は知ってたほうがいいことだろうな」

恩田は未明に背中を向け、ベッドに腰を下ろした。

未明はベッドの上に体育座りして、恩田の言葉を待つ。

「研究室時代にね、教授に論文を盗まれたそうです」

「？　へ。それどいうこと」

「だから、その教授の下でタナさんは研究をすすめていたわけだが、学位を取るために書いた論文の内容を、先に先生に書かれちゃったんだな」

「……。教え子の論文パクっといて、それでそのおっさんはなんのお咎《とが》めもなし？　大学ってそういうとこなわけ」

「そういうところだとは言いたくないが……そういう例は他にもよく聞くね」

「聞くねって……そんなん、放っといたらなにもかもめちゃくちゃになるんじゃんか！」

「と、古澤君にここで熱くなられても。……大学で偉くなるというのは、そういうことでもあるわけです。いや、すべての教授がそうだとはもちろん限りませんが」

「そんな……」

説かれても、未明にとっては理不尽すぎる話だ。

けれど、棚橋の場合は……もう過ぎたことなので、どうすることもできないのだろうか。

「……ヘンだよ、そういうの」

呟いた。せめてもの抵抗。

「ヘンなんです。それでね、落ち込んでいる時に、友達と彼女ができてたって判ったらしい」

「！」

「そりゃ人間不信になるなというほうがおかしいでしょう？　恩師、親友、恋人の三人からいきなり裏切られたわけだから」

それであの、世を捨てたような態度と冷ややかに突き放す、他者へのふるまいということになるのだろうか。

「……」

「そんな中、古澤君と会って、少しずつだけど人間らしい感情もわいてきたと、俺は思うんだけどな」

「……俺なんか、そんな」

「いや？　明るくなったでしょう。多少ですけどね、なったといっても。それでタナさんを救うのは古澤君しかいないんじゃないかと……荷がかちすぎますか」

「いや」

未明はかぶりを振った。ある決意をこめて。

「このままじゃ終われないよ、俺だって」

「そうか。よかった」

恩田の言葉は、短いけれど力勁い。

背中を押し出されるようにして、保健室をあとにした。


放課後、棚橋の部屋の前に未明はいた。

扉の前で、足を抱え、座りこんで主の帰りを待つ。

棚橋がそのまま夜の街に出ていることも考え、長期戦も覚悟していたのだが、しばらくすると携帯が鳴る。

ヒロキからだった。

『ミメイ？　暇してんなら遊ぼうぜ』

「暇だけど、暇じゃないんだ」

『へ？　なにそれ』

説明するには時間がかかる。まして相手は、一つの話題が長続きしない男。

「いろいろあってさ」

『そうなんだ？　そういえばさ……』

「ヒロキ。オンちゃんの携帯、教えていいって」

自分から話題を変えようとその言葉を口にすると、ヒロキは、

『なになに？　なんか言ってた、俺のこと？』

忽ち食らいついてくる。

「いろいろは言ってないけどさ。今教える」

『うんうん』

「イタ電とかすんなよ？」

『しねえよ！　……相手にしてくんなかったらしちゃうかも』

「こらこら」

言いながら、とたんに弾み出したヒロキの声に、どうやらこれは本物らしいと見当をつけた。あの怖いもの知らずが。あの無鉄砲のスピリタスが、今どき女子高校生でも言わないような純情な科白を吐くとは。

『うわあ。なんかどきどきするなあ。なんの話しよう』

こんなふうに。

「まずは天気の話からな……あ」

未明は言葉を切った。

廊下の向こうに、棚橋の影が現れている。

「じゃ」

まだなにかわめいているヒロキを捨て置いて、電話を切った。

その間にも、棚橋は大股に近づいてくる。

末明のほうには、見向きもしない。

ドアの前に座りこんでいるのをそのままに、鍵を差し込んだ。

当然、開ける時には負荷がかかる。それを、棚橋は無理矢理力ずくで開けようとするから、末明は壁のほうにずるずる押しやられることになる。

「おい！」

たまりかねて立ち上がり、叫んだ。

棚橋は、大儀そうに頭を巡らせてこちらを見る。

「なんだ、君は」

「なんだって……バックれんなよ！　見りゃ判んだろ」

「それは失礼」

にこりともせず棚橋は言い、そのまま部屋に入ろうとした。

「待てよ！　話ぐらい聞けよ」

末明はその扉を閉めさせないようにドアの隙間に手を入れたが、いとも簡単にはずされてしまう。

ドン、と鈍い音を立ててドアは閉まった。

「なんだよ！　俺とは話もしたくないってか？」

「そうだ。できれば今後とも、顔も合わせたくないかな」

ドア越し、くぐもった声が答えてくる。

「なんでだよ！」

「なんでって、君がいちばんその理由を知ってるんじゃないのか」

言われて脳裏に浮かんだ、さっきの映像。保健室のベッドで、男二人が並んで寝ていれば、誰だって考えることは一つだろう。

ただ驚くのは、棚橋がそれを気にしている、という事実だ。俺のことなんかどうでもいいんじゃないのかよ、あんた。

「オンちゃんとはなんでもないっ」

どんどんドアを叩きながら、未明は怒鳴る。

「……なんでもない相手とでも、ひとつベッドに入れるのか君は」

やはりそこにこだわっている。未明は次第にどきどきして来た。ということは、ということは……。

「なんだよ！　妬《や》いてんのかよ、あんた」

「……」

扉の向こうが、急にしんとした。

未明は息をつめ、次の展開を待つ。

「妬いてなどいない。前にも言っただろう」

低いがよく通る声が、ドア越しに聞こえてきた。

「じゃ、だったら、なんで」

「君は誰にでもしっぽを振るバカ犬なのか、俺と恩田さんのどっちに興味をひかれてんだか、それが判らなくなっただけだ」

「……タナちゃん、それって」

ほとんど妬いてるって意味と同じなのでは？

浮かんだ、その連想に我ながら照れてしまい、未明はじたばたする。

「だからあ！　ここ開けろよ」

「ごめんだね。君にはもう関わりたくない」

「そんな……」

未明はなおもドアを叩いたが、反応はそれきり、なかった。

うなだれて、未明はドアの前にしゃがむ。

頭を抱えた。いろんな思いがごった煮になって頭から溢れそうだ。

……妬いてなどいない……それがほんとうなら、恩田と自分に対する未明の気持ちを天秤にかけて気にすることなどしないだろう……関わりたくないと言いながら、ちゃんと答えている……しかも、判りにくい反応で。

ほんとうに、恩田とのことを気にしているのなら、未明と向き合って話し合えばすべては解決するだけのこと……しかしそれはやりたくないと……裏切られれば、その相手を心の中で抹殺してそれきりなのか。

棚橋は、恩師と親友と恋人に、いっぺんに裏切られたのだ。

しかもそれが原因で、職までなくしている。

そんな棚橋がいまどんな気持ちでいるか、想像するしかできないが、まったくダメージがないわけではあるまい。

そして今度は、好きだと言いながら近づいてきた教え子からも裏切られている。

いや、裏切ったわけではないのだが……決してないのだが……少なくとも棚橋がそうされたと感じたのなら、そういうことになるのだろうか。

タナちゃん。

俺たちは似た者同士なんだよ。

いま判った。棚橋に惹かれた理由。

俺にも、居場所なんかなかったから。

親からの愛情もろくに受けず、ちゃらんぽらんな人間関係の中で何度となく傷ついて、それは繰り返すもので。

けど。

もちろん、棚橋が受けた裏切り行為は、未明のケースとはあっていないかもしれない。

俺たちは、人を信じて、それに裏切られて、立ちつくしている迷い子なんだ。

それでも俺は誰かを必要としているし、人と触れていたいと思う。

……あんたは、そうじゃないのか？

未明はのろのろ立ち上がった。

呼び鈴を続けざまに押す。

ややあって、インターフォンのスピーカーから、

「――はい？」

「タナちゃん、話を……」

言いかけただけで、未明の耳にはがちゃんと非情な音が響いてきた。

もはや、話し合う余地も必要もなし、か。

そこまで嫉妬されているのなら、普通は嬉しいものだろう。

だというのに、未明にあるのは焦りと後悔だけである。

恩田に腕枕などしてもらうんじゃなかった……いや、そもそも棚橋は未明が保健室に出入りしていることそのものを面白く思っていない。

前に言われた、「愉しそうだな」、皮肉ともつかないあの言葉の意味を、もっとよく考え

てみるべきだった……。

今何時ぐらいなのだろう。そして何時まで待てば、棚橋は再びこちらを向いてくれるのだろう。

それとも永遠に、振り向くことはないのか。

絶望的な気分を抱えたまま、未明は膝の間に顔を埋めた。


いつのまに眠っていたのだろう。

はっと気がつくと、まず背中に当たるのがドアのひやっこい感触ではないことが判る。

そして、どうやらベッドの上に寝かされているらしいことも。

「……」

未明は目を瞬《しばた》いた。天井、ベッド、クローゼット。

見憶えのある部屋……いや、憶えなんてものではないか。

「！」

はっとして、未明は起きあがった。

「タナちゃん？」

リビングスペースに入る。ついでに腕時計を見やる。

……九時十五分。

そりゃ、いるわけがないか……。

テーブルの上に、布巾《ふきん》のかぶされたなにかがある。

未明がそっと布巾をとると、皿の上に食パンと、ゆで卵が二個、乗っていた。

さらに横にはメモがあり、

『冷蔵庫に牛乳、ジュースその他がある。勝手に飲め。オーブントースターも使ってよし。鍵は学校に返しにこい』

物理の時間に、黒板に書かれるのと同じ字だ。本人。ってそりゃ決まってるか。

未明は鍵をつまんだ。このままバックれてやろうかという考えが一瞬過ぎる。棚橋は合い鍵を持っているのだろうから、これで好きな時にこの部屋に出入りできる。

——なんてな。

できるわけがない。未明は自嘲した。そんなことをしたら、棚橋の中に多少は残っていたらしい優しさまでそっくり手放してしまうことになる。

メモをありがたく受け取ることにして、未明はパンを焼き、冷蔵庫から牛乳を出してグラスに注いだ。

物理準備室の前で、未明はひとつ、深呼吸をした。

これから棚橋の顔を見るのだと思うと、今さらながらに緊張してくる。

と、ノブに手をかけた時、向こうからくるりと回って、棚橋が出てきた。

「……タ、タナちゃん」

「君にそのように呼ばれる筋合いはない」

白衣のポケットに手を突っ込んだままぼそりと言い、掌を未明に向けて差し出す。

「？」

「鍵を返しにきたんだろう。その律儀なところはよしとしてやる」

未明は仕方なく、その掌に鍵を落とした。

「タナちゃん！」

そのまま廊下を歩き出す棚橋に、未明は追いすがるように呼びかけた。

「なんだ、まだあるのか」

大儀そうに振り返る。

「……昨日のこと」

俯きながら口籠もったが、棚橋は新しい言語でも聞かされたように、

「昨日？」

おうむ返しにする。

未明は窺うように上目で相手を見た。

案の定、なんの感情もまじえない、いつもの冷ややかな視線で、棚橋は未明を見下ろしている。

「昨日がなにか」

「ばっくれんなよ。俺がオンちゃんと保健室のベッドにいたら、タナちゃんが入ってきて、ヘンな空気になったから、俺がタナちゃん家まで行って、座りこんで一夜明かしちゃったもんで、タナちゃんが部屋に入れてくれたんだろ？　その……ベッドに寝かしてくれたのも、朝メシ、も」

未明は胸のポケットに触れた。動かぬ証拠というやつが、そこに収まっている。

「ああ……なるほどね」

しかし棚橋はあい変わらずクールな表情のまま。

「生徒を自宅前で凍死させでもしたらなにを言われるか判ったもんじゃないからね」

「凍死って……そんなシーズンでもないだろっ」

「大声を出さないでくれないか。廊下なんだから」

「……なんで部屋に入れてくれたんだ？」

「さあ」

「生徒の質問に答えるのも、教師としての義務だろ」

「課外のことにまで答える必要は感じないんでね」

「じゃ、俺を部屋に入れることなんかなかったんじゃないのか？　それこそ埒外じゃん。放課後だし」

「……」

「逃げるなよ！」

やはり行きすぎようとした棚橋の腕を、咄嗟に摑んだ。

棚橋はびくりとし、もう一方に抱えた教科書類の束で未明の腕を打つ。

「……っ」

痛みに思わず手を放してしまう。

「いい加減にしろ！」

棚橋の声のほうが、よっぽどよく響く。

「タナちゃ……」

「これ以上俺の心をかき乱さないでくれ！」

未明は耳を疑った。

心を乱されている、というのは……。

「それって、俺に惚れてるってこと？」

「……。どうかな。勝手になんとでも解釈しろ」

棚橋は、取り乱してしまったことを後悔したような顔をすると、背中を翻した。

「タナちゃん！」

未明は叫んだが、もう関係もないといった様子ですたすた遠離《とおざか》って行く。

その背中は、振り向かないままだった。

9

棚橋の気持ちが、よく判らない。

冷たくしたり優しかったり、突然告白のような言葉を吐いたり……。

「それは恋じゃん、ミメイ」

カウンターに並んで腰をかけたヒロキが、鼻歌でも歌っているような調子で言う。

「恋、って……」

「惚れられちゃってんじゃないの？　あのセンセにさ」

「……」

たしかに、そう思えるような言動はある。

けれど、たしかめようとすると棚橋はするりとかわして突き放すのだ。

「照れてんじゃん？　一〇コも下のガキに惚れちゃった自分にさ」

「照れてる、って……」

そんなふうには見えなかった。

未明と準備室の前で顔を合わせた時も、その後廊下で腕をはらいのけられた時も。

棚橋の心にはただ怒りと不信しかなく、それは未明にはどうしようもないことと思える。

「だからあ。自分の気持ちを素直に出せないだけだっての」

ヒロキは言うと、くるりとスツールを回してカウンターに肘をかけた。片手にはレモンで割ったスピリタスのグラス。

「それよかさ、オンちゃんのほう」

ハンチングの下で、目が耿《ひか》る。

「うん……そういえば、どうなった？　電話したか」

「それがさ……」

ヒロキは俯く。

「なに、なに」

「まだかけてないんだ」

未明は大げさにがくっ、とスツールからずり落ちるまねをしてみせた。

「なにやってんだよお前。ちゃんと教えたろうが」

「うん。携帯ゲットした時はこれでオッケー！　と思ったんだけどさ……いざとなるとなかなかこれが」

ヒロキはグラスを置き、指を組み合わせた。

「拒絶されるかもって思ったら、なんかこう、ぷわーっと風船がしぼんでくような気持ちになっちゃって」

「なんだよ、らしくないなあ」

「らしいよ。俺ほんと、こういうのだめなんだ。こう、いっぺん期待するだろ？」

「うん」

「そいでもハズレの時のこと思うとさ……傷つきたくないっつうか……正直、他人は怖い」

「……」

「あ、なんつって、よく判んねえ話だったな。ごめん。俺もこんなとこで、なにやってんだろ」

「いや、なんとなく判るよ。なんとなく、だけど」

他のことはなにも言えなくて、未明は不器用に相づちをうつ。

ヒロキはにやりとした。

「お互い苦戦中だな。もっとも、俺は参戦してねえけどな」

「早くこっちこいよ」

未明がふざけて言い、
「や・だ・よ」
ヒロキもふざけて返した時だ。
頭の上に、ふっと人の気配を感じて未明は振り返った。
四人連れ。どこかで遭《あ》ったおぼえがある。
それがどこでだったか、思い出した時は遅かった。
木原の腰巾着だったタカとかいう男だ。
もちろん、いい関係などは築いていない。
なのに視線が合うと、なれなれしそうに笑いかけてくる。
金髪、ツンツン頭。
他の連中も、木原とつるんでいた奴らである。
赤毛、坊主、そしてヒゲ。
未明は無視を決め込んだが、連中はいつのまにか二人の周りを囲むように散らばる。
「……？」
「よう、ヒロキ」
タカが言った。
どう考えても、剣呑すぎる空気。

「このあいだはどうも。やってくれたよな。おかげで木原さんは病院にいるよ。半殺しの目に遭ってな！」

「自業自得だろ……つったって、どうせ俺のせいにしたいんだろうけど」

ヒロキはつまらなそうにポケットに手を入れる。

と、その腕を別の奴が摑む。

「そっちのポケットだ。早く！」

もう一人と二人がかりでヒロキを押さえつけ、赤毛がヒロキのポケットに手を突っ込む。

ライター。気づいて未明は咄嗟にスピリタスのグラスに手を伸ばす。それを赤毛がひったくった。グラスが宙を切り、未明の左頰をかすめて床に落下する。

がしゃん。

間抜けな音とすうっとする感覚。赤毛が放ったライターをタカが握り、未明の顔のそばで蓋を開ける。ジッポゥでなければ点火しているところだ。

「やめろよ！　そいつは関係ないだろ」

「へえー。お前にもそんな大切なオトモダチがいるわけだ」

タカは、にやにやしながらライターの蓋を開けたり閉めたりする。辺りにウォッカの匂いが立ちこめ、不穏な空気にアクセントをつけた。

「なんだっていいだろ、関係ない奴は放っておけよ」

「ふん？　じゃ、今日のところはお前一人にしといてやるか……こっちのお姫さんには、木原さんがえらくこだわってたけど、俺はどっちかっていうとお前が突っ込まれてヒイヒイ言ってるところが見たいんでな……悪いなお姫さん」

顎を摑まれ、未明はその手を払いのけた。金髪男を睨みつける。

端正な顔が歪み、次には嬉しそうな笑顔になった。

「へえ。かーわいいの」

「やめろ！　ミメイ、逃げろ」

男たちに両脇を固められ、スツールからずるずる引き下ろされながらヒロキが叫んだ。

逃げられるわけがない。未明は床に落ちたグラスのかけらを拾い上げた。

タカの後ろから手を回し、首筋にグラスをつきつける。

「っ」

瞬間、相手が息を呑むのが判った。

が、勝利感に昂揚するまもなく、未明の後ろから赤毛が腕をねじり上げる。

「たいしたタマだぜ、こいつ！」

「莫迦、ミメイ、お前なにやってんだよっ」

「ミメイちゃん、やってくれるよねえ」

タカが振り返りざま、みぞおちに一発入れてきた。う、と未明はその場にうずくまる。

「タカ、こいつも？」

「いや、こっちのお姫さんは後回しだ。いこうぜ、ヒロキ、今夜はお前のために素敵なパーティを開いてやるから」

タカはすぐ未明を解放し、むせる未明にもう一発蹴りを入れてから、出口に向かっていったらしかった。

「……っう」

他の客連中が、好奇と畏怖《いふ》の眼差しをこちらに向けている。

なんだよお前ら、見といて知らんふりかよ。

未明はスツールに手をかけて、なんとか立ち上がった。

ヒロキが連れ去られた方向へ、よろめきながら向かう。店を出たところで、思いついた。

携帯を取り出す。あまり考えもせず、その番号をプッシュしていた。

『――はい？』

「タナちゃん！　友達が大変なんだ」

『……。大変とは？』

「ヘンな奴らに連れて行かれた。たぶんボコ……輪姦す気だと思う。こないだの奴なんだけど……」

『それは大変だ。警察を呼びなさい』

……こんな奴に頼むんじゃなかった。絶望感に見舞われた未明に、棚橋の声が降りかかる。

『そう悲観するな。有段者の知り合いがいる。少林寺だが』

「え」

『……運がよければ助かるだろう。君も、友達もな』

「……。タナちゃんだけでもいいから、来て」

電話を切って、外に出る。

棚橋はあてにならない。そうなると、自分でどうにかするしかない。

路地裏の片隅に、ヒロキは追いつめられていた。

既に衣服はほとんど脱がされている。

「ヒロキ！」

「ミメイ、アホ野郎！　くんなよ」

「くるに決まってんだろ。やめろよっ、お前ら」

言って聞き入れるような相手ではないと判っていたが、未明はタカの腰に飛び膝で蹴りを入れた。

「っ！　こいつ、可愛い顔してとんでもねえな」

ヒロキを押さえつけているのは赤毛と坊主。衣服を剥ぎ取っているのがヒゲ。

それを高みの見物とばかりに少し離れて睥睨《へいげい》していたタカが、ぺっと路上につばを吐いた。

「やっぱ一緒にヤっちまうか。ガク、ちょっとこいつ押さえといて」

ヒゲに命じると、未明に向き直る。

「やめろーっ！」

ヒロキの悲痛な叫びは、己に加えられようとする暴力にではなく、未明へのそれを阻止するためのものだった。

もちろん連中は考え直しなどしない。

「へへへ、じゃ、先にこいついただいちゃってていい？　タカ」

「逃げろよ、ミメイ！」

「逃げられるわけないだろ！」

「ほほう、麗《うるわ》しい友情まではぐくんでいらっしゃるとは」

タカは肩を竦め、未明のほうへ一歩踏み込む。

未明はそろ、と後退った。

「たまんないねえ、その目つき。そういう目されちゃうと、けっこう燃えちゃうんだわ、お兄さん。ミメイちゃん、放っとこうとしてごめんね。やっぱ真のターゲットは君なんだね、木原さんのためにも、さ」

末明は後退りながら、後ろ手で背後を探った。どこかの店の裏口に、立てかけられた鉄パイプ。握りしめ、タカに隙を与えず殴りかかる。

「っ！」

相手は頭を押さえてうずくまった。

「タカ！」

「いいから、お前らはお前らで愉しんでろ。俺はこのじゃじゃ馬姫さんに断然、惚れちまったね」

「いいなあ。後で俺にも味見させろよ？」

「ミメイ、なにやってんだ！　逃げろってば」

金髪の指のあいだから、血がつうっとつたってくる。

さすがに末明は怯《ひる》んだが、相手はにやにや笑いを浮かべたまま、

「あーあ、お兄さん傷モンになっちゃったよ」

手指を払う仕草をすると、血が飛び散った。

「このお返しに、キミにも傷モンになって貰おうかな。こないだは未遂に終わったけど、今日こそは食べてあげる。ほんとそれだけでいいからね。可愛い子には親切だからさ、お兄さん」

目に血が入っている。非日常的で、不気味なその姿。

「ミメイはやめろ、俺ならいいから！」

ヒロキの叫び。

「俺はいいんだ、馴れてるから、こんなこと」

「！」

その言葉にはっと胸を衝かれ、未明は翳《かざ》したパイプを再び振り下ろすのを躊躇う。

その、一瞬の躊躇すら相手は見切っていたらしい。

忽ちのうちにパイプは奪い取られ、タカは未明の手首を摑んだまま路上に引き倒す。

「ミメイ！」

「さあさあ、二人揃ってご開帳といきますかね」

タカとヒゲが、二人がかりで未明を押さえつける。

ジーンズのボタンを、節くれ立った指がはずしていく。

「離せよ、莫迦っ」

「おお、可愛い、可愛い。もっとじたばたしてごらん？」

タカは下着の上から未明の股間を摑んだ。

「……く」

「ありゃりゃ、顔に似合わずけっこう馴れてるね？　キミ。なんだよ残念だなあ。がっかりしちゃうじゃないか」

いいながら、やわやわと股間を揉みしだく。

……なんでこんな時に感じるんだよ……。

しかし、理屈ではないのだ。

そうされれば相手がどんな男だろうと反応する。未明の中の男が目を覚ます……。

「まさかココは、使い込んじゃないだろうねえ。え？」

未明の腰を摑んでくるりと裸に剝くと、金髪は後孔を指でまさぐってくる。

「やめろっ！」

一気に萎えてしまった。棚橋以外には触らせたことのない部位に、憎い男の指が忍んでいる。

「やめ、はな、せ……」

未明は身を捻ってタカの指から逃れようとした。

「あはは。やっぱこっちは未開発だったか。そうだよなあ、ミメイちゃんお育ち良さそうだもんね。バージン疑ってごめんね？」

バージンなんかじゃない！　言ってやりたかったが、それはそれで相手を喜ばせることになると思うと、言えない。

未明の唇に、タカのそれがかぶさってくる。隣でヒロキは既に膝を抱え上げられ、赤毛がズボンの前を開いている。

やめろよ……っ。

そんなことしたら、ヒロキが毀《こわ》れちまう。今だってもう、立ってるのもやっとなくらいなのに。

誰か助けてくれよ。タナちゃん……。半分あきらめているものの、瞼の裏に浮かんだのは、やはりそいつの面影だった。来るわけもない、その男。

と——。

未明を圧迫していた力がふっと緩んだ。

？

思うまもなく、その身体が宙を躍《おど》る。地面に叩きつけられる。

「タナ……」

まさか。だが現実だ。棚橋はタカを投げ飛ばし、それだけでは足りないのか足蹴《あしげ》にしている。一発、二発——。ぎし、ぎし、とあばらの軋《きし》む音。

「タナさん、いくらなんでもやり過ぎですよ」

いつのまにか現れていた恩田が、こちらは赤毛と坊主をいっぺんに片づけたらしい。路上に大の字に伸びる二人。

後のヒゲは突然のスーパーマン——それも二人も——の登場に怖じ気づいたらしい。

「さて」

と恩田が立ち上がった時には、「ひっ」と叫んで逃げ出してしまっていた。

「あれれ？　まだなにもやってないのに、近頃の若い子はあれだね、人情がないんだな」

言いながら、恩田は赤毛とヒゲをどっこいしょ、と担ぎ上げ、なんの意味でかタカの隣に並べて寝かせる。

「……」

未明は、だまって棚橋を見上げた。

冷えた視線が、未明の上に降りてくる。

「言っただろう、有段者の知り合いならいるって」

「オンちゃんならオンちゃんだって、素直にそう言えよ！」

「いや？　俺じゃないよ？　少林寺の二段でしょ、タナさんは」

「！」

未明は目を瞠った。

「なに、俺がそんな偉いさんだとでも？　そんなん、見れば判るでしょうに」

「俺はあなたと違って、無駄なストリート・ファイトには縁がなかっただけですよ」

棚橋が恩田に言い、未明にもことの概要がつかめてきた。

おそるおそる棚橋を見上げる。あい変わらずの、冷ややかな双眸《そうぼう》。

「未遂だったようだな」

目つきの割には優しい言葉だった。

「……ぎりぎりでね」

未明はもそもそとジーンズを上げた。

「ありがと、タナちゃん」

やはり言っておかねばならないことは言う。

と、

「あれあれ？　タナさんだけですか？　感謝されるのは」

ヒロキを介抱していた恩田が振り返る。

「や、オンちゃんにも……だけど」

「ついでか！」

恩田が、この場にはふさわしくないような明るい笑い声をたてる。

「いや……その……ヒロキ大丈夫？」

「大丈夫だよ。莫迦ミメイ」

「莫迦はないだろ、莫迦は」

「一歩遅かったら、ヤられてたんだぜ？」

「そういう君もね」

恩田はヒロキの肩を叩いて言う。

「俺は、こんなんは馴れてるからいいんだ」

「ヒロキ！」

「ガキの頃からさんざん、オヤジと兄貴からヤられてっから」

「……？」

未明はヒロキの真意を疑った。そんな話は、好きになりかかっている人間相手には、ふつうあまりしないものなのではないだろうか。

「そうか。で、一人で帰れる？」

だが、恩田はなにも聞かなかったかのようなそぶりで暢気《のんき》なままだ。

「俺……？」

「車だから、よければ送るけど？」

ヒロキの眸《ひとみ》がまじまじと見開かれ、聴きなれない外国語を耳にした人よろしい表情になる。

「だって俺……」

「いちおう僕も医者なんで。傷ついた人のケアぐらいできます。心のケアまでは、可能かどうか判らんが」

ヒロキは俄《にわ》かには信じられなかったらしい。目を瞠ったまま、静かに肩を抱く恩田を見上げている。

やがて、その両目からぽろぽろと流れ落ちてくるものがあった。

「こらこら、男の子だろ？　そんな簡単に泣くなよ」

「オンちゃん、それは無理だよ」

ヒロキは恩田の胸にとりすがるようにして泣いている。その肩を恩田がぎゅっと抱きしめる。はいはい、泣かなくていいから。

「――人のことはいい。君はどうなんだ」

「俺は……」

「タナさん、ここは二手に分かれたほうがいいみたいです。俺らの立場が相手に知られてもまずい」

「俺はそんなものは気にしないが……恩田先生はたしかにやばいだろう」

棚橋は言って、未明を見やった。


黙り込んだまま、街の入り口まで歩いた。停まっている銀のパジェロは恩田のものだ。このあいだ助けにきてくれた時にも見た……。

「なんだ」

車を見ている未明に、不審げに声をかける。

「悪いが俺は電車だ。途中で恩田さんに拾って貰ったんでね」

気に入らなければ勝手にヒロキたちと帰れといわんばかりの口調で、未明はやや焦《あせ》った。

「そんなんじゃないよ、ただ……」

「ただ？」

「タナちゃんたちがくるなんて思ってなかったから……」

「だって、君が呼んだんだろう」

「お、オンちゃんまで来るとは思わなかったんだよ！」

言ってから、そういえばと思い出す。

「オンちゃんて、そんな血みどろ街道くぐってきた人なのか？　えらい勁かったけど」

「さてね。君の友達が危ない目に、って聞いたから連れて来ただけなんで。人手はあればあるほどいいからな。恩田さんなら気易いし、彼ともいちおう面識がある」

「そ、そりゃまあそうだけど……」

棚橋が、そこまで気配りのできる男とは思わなかったのだ。恩田が、それほどのストリート・ファイターだと思わなかったのと同じく。

「オンちゃんて、そんな危ない橋くぐってんの？　ステゴロ最強？」

「……そんなに恩田さんに興味があるんなら、君が本人に訊くといい。俺には関係ない」

棚橋は、そっけなく言う。

「厭味かよ」

「そうだ」

「オンちゃんのことばっか訊くから、拗《す》ねてんだ」

「誰が」

「フン！」という鼻息さえ聞こえそうな言い方ではあるが、今日の棚橋はそこまで容赦なくする気でもないらしい。

「ま、俺はどっちでもいいんだが。このまま一人で帰ってもかまわない」

言ってから、

「恩田さんみたいな責任感はないからな。帰る途中でまた暴漢に遭おうが、俺の知ったことじゃない」

「帰るなんて言ってないだろ……タナちゃんのとこ、行っていいんだろ？」

すると棚橋は、苦《にが》いものを呑んだような顔つきになった。

「……ったく、厄介だな」

言いながらも、さほど「厄介」とは感じていないのが判る。

未明は少し愉快な気分になって、はずむような足取りで棚橋より先に地下鉄の駅に降り、二人分の切符を買った。

「おごり」

一枚を棚橋に差し出すと、やはりむっとした顔のまま、

「当たり前だ」

そうだったのか……未明は、切符代を出さなかった場合のことを想像してみた。

背筋が寒くなった。

電車の中でも、棚橋は黙りこんだままだ。腕を組んで坐っている仏頂面の男前と、その隣で小さくなっている少年が「連れ」だとは、きっと他の乗客には判っていないことだろうと思われる。

「あのさ」

勇を奮《ふる》って声をかけてみた。

棚橋は、視線だけを動かしてこちらを見る。

「さっきの……ヒロキっていうんだけど、オンちゃんが好きなんだ」

それがどうした、というような無関心顔に、

「オンちゃんて彼女いるんだろ？　ヒロキになびくと思う？」

「さあ。彼の性向のことはよく判らん……だから、なんで俺に訊く？」

「や、だって仲良しだからさ、二人」

「これを仲良しというなら、君と俺も仲良しなんだろうな」

「……タナちゃん、オンちゃんと寝たの？」

　すると棚橋は眉をしかめて、

「くだらない。君の想像の中では、男同士はできているか、いがみあっているかのどちらかしかないのか」

「そ……そんなわけじゃないよ、もちろん」

だけどさ、と未明は隣を見たが、棚橋は既に立ち上がっている。

ちょうど目的地に着いていたのだ。

なんだよ、俺すんでのところで置き去りかよ。

「なんだ」

「どこまでも冷たいんだな、あんた」

「君に優しくするいわれはない」

「そ、それはそうだけどさ……」

　押しつけ気味に好意を差し出し、それに応じて何度か関係しただけの相手。では、やはり棚橋にはその程度の認識なのか、と少し寂しく思う。

　黙っていると、

「つっこまないのか」

　少し先で振り返りながら棚橋が言う。

「……なにを？」

「優しくされるいわれがあると、強要しないのか」

「……。されたいわけ、強要？」

「君にその意志があるのかどうかを問うている。俺のことは関係ない」

「じゃ、優しくしてよ」

「厭だ」

わけが判らない。

「だいたい、あんなところで遊んでいるから、ああいう目に遭うんだ」

「だって、つまんないんだもん」

「なにが」

「学校とか……家も」

「陳腐《ちんぷ》な理由だな。あげく、大人は判ってくれない！　とかなんとか言い出すんだろう」

「違うよ……ただ、自分の居場所がどこにもないような気がする。タナちゃんだって、それだから大学やめてうちに来たんだろ」

「……」

棚橋は目を細め。こちらを見透かすように眺めた。

「なんでそんなことを？」

「俺だって同じなんだ」

「同じとは？」

その問いには答えず、未明は続ける。

「親父や母親……他に家族なんていないのに、みんなてんでばらばらで。愛情なんか受けたことはない」

「君の家の事情はもういいよ。そんな話、掃《は》いて捨てるほど転がってる。愛はなくても金があればまだましだろう」

「なら、タナちゃんは愛がなくても彼女と親友とつきあい続けて、論文盗んだ教授のことも赦《ゆる》せるのか？」

棚橋は返答しない。

もう一度質《ただ》す前に、マンションに帰り着いてしまっていた。

のろのろと、未明は棚橋の後をついて歩く。

棚橋の部屋は、あい変わらずきれいに整頓されていて、けれどどこか虚《むな》しさを感じさせる内装で、モデルルームみたいに生活感がない。

「さて。俺はメシもすんだし、君だけのためにわざわざキッチンに立つ理由もないんでね。なにか食べたかったら、カップラーメンぐらいなら提供できるが」

「……いいよ」

実際腹はそんなにすいていない。

力なく呟くと、棚橋は、口角だけをきゅっと上げた笑顔になった。

未明の胸はきゅんと高鳴り、それだけで満腹になってしまう。

「相当、参ってるみたいだな」

ああ、あんたの笑顔にな。

そう言ったら、この男はどんな顔をするのだろう。

「そんなでもない」

……笑顔を消されるのが厭で、平気なふうを装ってみせた。

「無理するな。いっぱいいっぱいいっぱいいって顔のくせして」

「……。いっぱいいっぱいなのは、ここでタナちゃんと二人きりだからだよ」

つい本音ももれる。

「ふん。どんな酷いセックスが待っているんだかってことか、そいつは」

「そんなのは、もう馴れた」

未明はキッと棚橋を見据えた。

棚橋は、おや？　という顔になって未明を見やる。

「俺はタナちゃんが好きだ。だからここにいる。どんなことだって、もう平気だよ」

「……君はマゾヒストなのか？」

「そう思えるんなら、そうだろうね」

「俺は……」

棚橋はそこで言葉を切り、どこか苦しげに顔を歪める。

「……君を扱いかねている」

「タナちゃん」

「二七年間生きてきて、こんなことは初めてだ。恋人に裏切られた時だって、ここまで動揺しなかった……いや、その動かない部分に愛想をつかされたんだろうがね」

口許に、自嘲の笑みが浮かぶ。

「俺はそんな……タナちゃんの恋人とか親友とか、論文盗んだ先生とは違うよ！」

棚橋は目を瞠る。その胸に、自分からぶつかって行った。

一瞬の迷いののち、力勁い腕が背中を抱きしめてきた。

棚橋の胸は広くて温かくて、そうされるだけで未明は震え、味わったことのない充足感をおぼえる。

「タナちゃん……」

「俺は甘くないぞ？」

いったん身体を離してから、棚橋が言う。

「判ってるよ、そんなこと」

「君の想像以上の酷《ひど》い人間かもしれない」

「想像力がないから、判んない」

「……君は……」

「タナちゃんが好きなんだ、それだ――」

言葉は途中で遮られ、唇が塞がれる。

歯列を舐め、舌が口腔内《こうこうない》に入り込んでくる。

未明は棚橋の背に腕を回した。

殆ど初めてといえる、まともなキス。

舌を勁く吸い上げられ、未明は頭の芯がぐるぐるするのを感じる。

もうあと少しで失神、というところで棚橋は未明を離した。

そのまま抱き上げ、ベッドへ――。

「なにかされたのか？」

「……キスと……アソコを触られた」

棚橋の手が、そこに降りてくる。

「こんなふうに？　こんなふうに？　こんな……ことか？」

「んあっ……そ、そんなことまでは」

棚橋は下着の中から摑み出したものをゆっくりと扱き上げている。

「で、感じたのか」

「……少し」

言ってから、

「タナちゃんのせいだぜ？　俺がこんなふうになったのも」

「人のせいにするな。君が自分を保てばすんだことだ」

「そ……な」

抗議しようにも、急所を愛撫されてはうまく声も出ない。

「あっ、あん」

「こんな声を、奴らに聞かせたのか」

「んな……こと言われたって……」

「そうだな。男の生理というやつだ。俺にも覚えがないとは言わん」

「あう、タナ……ちゃんも、こんなこと、誰かと……？」

シャツがまくり上げられ、乳首に吸い付いてくる。

ざらざらとした感触が、感じやすい部分を往き来しただけで、未明の雄身は弾けそうになる。

「タ、タナちゃ……」

「元気だな、男の子は」

棚橋が膝で、未明の中心部分をぐりぐりと揉んだ。

「あ……」

既に反応しているものが、硬さを増す。

今まで、こんなに優しい愛撫を受けたことがあっただろうか。

棚橋の中で、自分の位置と意味が変わった、ということなのだろうか。

乳首を吸われ、もういっぽうは指の腹で摘まれ、捏ね回され、その刺戟だけでも達してしまいそうだ。

「タナちゃ……あ」

ジーンズが、下着ごとひき抜かれた。

傍らで自らも着衣を脱ぎ捨て、全裸になった棚橋は再び蔽いかぶさってくる。

その、腿に当たる部分がどんな状態になっているのかは、見なくても判る。

タナちゃんも早いよ……。

でもそれだけ、俺を欲しがっているってことなのか。

そんなことを思い、思った自分に恥ずかしくなった。やらしいな俺。

再び棚橋が唇を求めてくる。

擦れあった二本の茎は、互いを挑発するように追い上げ、追い上げられてくる。

「んっ、んっ」

未明は棚橋の身体にしがみついたまま、あられもない声を上げた。

だって、もう取り澄ますような相手じゃないから。
未明の身体の隅々まで知り尽くしている棚橋だから。
気持ちなんてなくていいのだ。
身体が雄弁に語り合っている。
未明の先端から溢れ出した蜜を指に絡め、棚橋は奥まで探ってくる。
さっきのチンピラが触れたところだ。
棚橋によって痕跡が消えていく、充足感。
俺、やっぱりこの人が好きなんだ。
鬼畜だろうがなんだろうが、惹かれきって、いるのだ。
でなきゃ、こんな行為が、こんなに気持ちいいと感じられるわけがない……。
やっているのはさっきとほぼ同じことなのに、気持ちが違う。一八〇度違う。
そういえば、今日の棚橋の愛撫はいつもよりしっとりとして優しい。
そんなふうに感じるのも、あんなことのあった後だからなのだろうか……。
ああ……。
次第に限界が近づいてきて、未明は腰をくねらせて棚橋を誘った。
「タナちゃん……俺、もう……」
「限界か？　お子様はこれだからな」

「タナちゃんだって、もうパンパンじゃないか」

未明は棚橋の男に触れ、ついでに耳の穴をぺろりと舐めた。

「！　こいつ……」

棚橋は、半分笑った声で言うと、未明の足を開かせた。

指でじゅうぶんほぐした箇所に、いきり立った棚橋のモノが押し当てられる。

「ああっ」

悲鳴を上げたのは、苦痛ではなく襲ってきた快感の渦のためだ。

後ろをこんなふうにされて勃つなんて……。

だが、棚橋が三度ほど揺すぶっただけで、未明はあっけなく果ててしまった。

「なんだ、若いのに早いな」

「……若いから、早いんだよ」

恥ずかしくて、未明は棚橋に背を向ける恰好になる。

「そんなに俺が悦《よ》かったのか？」

耳許に恥ずかしい囁きが吹き込まれ、未明はいやいやをするようにかぶりを振る。

「あ……」

ふたたび棚橋が入り込んでくる感覚に、未明はびくりと身体を震わせる。

「俺はまだなんだけどね」

言われればそうだ。

未明を背後から抱きしめたまま、棚橋はゆるゆると抽挿をはじめる。

「あっ、あっ、あ」

そうされれば感じないわけにはいかなくて、たった今出したばかりだというのに未明の中心部は、また頭をもたげはじめた。

「スキモノだな、お前」

「そ、んなん、じゃ……」

決して、ない。棚橋だから、愛《いと》しい人だからこそ、こんなに乱れるのだ。

それを察しているのか、どうか。

棚橋の手が前に回り、未明の股間で憤《いきどお》っているものをとらえる。

「あ……っ」

初めて、棚橋の手に支えられて未明のそこはかつてないほど怒張《どちょう》する。

「だめだよ、タナちゃん、で、ちゃう……」

つい泣きの入ってしまった未明を、揶揄うように棚橋の手がそれを扱き上げる。

「あ……あ……あっ」

棚橋の手で、と思うだけでなぜ、こんなにも感じてしまうのか。

「っ、ん……んんっ」

哀願のような泣き声を、いっそう高くする、棚橋の手。

扱いて、追い上げ、またふいに退いて。

そうしながらも、後ろを攻めることは忘れない。

感じるなというほうが、無理だ。

達するなというほうが……。

「未明、未明……」

そうして、耳の中に吹き込まれる、甘い声。

こんなに優しく、棚橋から名を呼ばれたことなど、ない。

それだけで達《い》きそうになる。

何度となく繰り返される行為の中、未明が三度めに放った時、ようやく棚橋も絶頂を迎えた。


キッチンのほうから、いい匂いが流れてくる。

薄目をあけてしばらくぼんやりし、ここが棚橋の部屋だったことに、ようやく未明は思い当たる。

匂いのもとはコーヒーだった。目を擦りながらリビングに入る。

「起きたか」

棚橋はあい変わらずの仏頂面で言い、手にした皿を未明に突きつけるように出す。

「？」

「食わせてやろうってんだ。皿ぐらい運べ」

「……判ったよ」

ふわふわのオムレツと、グリーンサラダと、トースト。オムレツの上には、ドミグラスソースがかかっている。

「……タナちゃん、ほんと料理うまいよな」

オムレツに箸を入れた未明は驚嘆した。みたこともないくらい、ふくらんでいる。

「白身をメレンゲにしただけだ。うまいわけでもない」

って言われても。メレンゲの意味がいまいち判らなかったが、とりあえず手がかかっていることはたしかだ。

「うまーい」

一口食べて、未明は目を瞠った。ふつうのオムレツとは、食感が違う。舌の上でとろけていくようなオムレツ。ドミグラスソースも、手作りなのだろうか。

「一人で生きて行くって決めた時にな、料理のひとつもできんようじゃ情けないだろう」

未明の無邪気な賞賛が気に入ったのか、棚橋は裏話をあかす。

「一人で……って……その、彼女に裏切られた時に？」

それだけで「一生結婚はしない」と誓うということは、彼女をそこまで愛していたということだ。

未明の胸はちくりと痛む。

だが、棚橋はにこりともせず、

「女なんかどうせああいう生き物なんだ……彼女に言わせると、俺は、人の気持ちの判らない朴念仁《ぼくねんじん》なんだってよ」

「……タナちゃんが？」

「それで俺は答えた、いちいち気持ちを吐露《とろ》しなければならないのか、君に言えない秘密だっていくらでも俺は持っている、と……そうしたら、彼女は俺から離れて行った」

「タナちゃん……それは誰だって離れるよ……だからってタナちゃんの親友のところに行く神経は俺には謎だけど」

「俺のことがよくわからないって言って、いろいろ相談に乗って貰ったりしてるうちに鞍替えしたくなったんだってよ。お互いそれで利害が一致するんなら、問題もない」

「利害って……タナちゃんはそれで平気なわけ？」

「他人の気持ちなんかどうせ判らん。みっともなく追いすがって理由を教えて、なんてのは趣味じゃなかったんだね」

なら、俺の気持ちも「判らない」ということなのだろうか。

「タナちゃん。俺は昨日も言ったけど、俺だけは絶対裏切らないよ？　ここまでされてもそれこそ追いすがってんだ。俺は……本気なんだ。本気でタナちゃんが好き」

その必死の訴えが通じたものか否か。

棚橋は新聞からちらとこちらを見ただけで、

「そうか」

とやはりそっけない。

……いいんだ、これはこういう人なんだから。

「タナちゃんはさ、ぶっちゃけ俺のどんなところが好きなわけ？　ちなみに」

めげずに言う。

棚橋は目も上げようとせず、

「好きだなんて言っていない」

「だって、俺の心をかき乱すなとか、昨日のことだって……惚れてるってことじゃん」

「まったく頭が悪いな」

棚橋はやれやれといった様子で未明を一瞥した。

「君にかまうのは、君にひとかたならぬ興味がある自分自身を否定しきれないからだ。なぜそうなったのか確かめるために、この部屋にも入れるし、やばい目に遭っていると聞けば助けもする」

「だから、それっていうのは……」

やっぱ好きってことじゃん。未明は思ったが、黙っておくことにする。これは、こういう人。これはこういう人。呪文のように胸のうちで繰り返す。

すると、棚橋はふと思いついた顔をした。

「そういえば、君はなんで、俺の研究室時代の話なんか知っているわけ？」

「え……だってオンちゃんが」

「恩田さん？」

「話したんだろ、オンちゃんに」

「どうだったかな……話したんだろうな」

「忘れるなよ、そんなこと」

「まあ、あの人は不思議な人だからな」

棚橋は、自分のほうがよほど「不思議な人」であることなど忘れたかのように言う。

「そうなんだよ。訴え仏っていうのかな。隠しておくべきはずのことを、いつのまにか喋らされてんだよねえ」

「まあ、そういうことだ」

「そうなんだよ。でさ、ヒロキとうまく行くと思う？　あの二人」

「そんなことは俺には関係ない」

棚橋は急に冷ややかな態度に戻り、新聞に目を落とした。

これだもの。

末明はやれやれと肩を竦める。

不思議といったら、これ以上謎の人間はいないのだが、やっぱり自覚はなさそうだ。

なんだか前途多難な恋に足を踏み入れてしまったようだけど。

でも、誰からも、なにからもそっぽを向かれたくはないのだ。

そして、自分自身もまた、そっぽを向きたくない。家族とか学校とか生きていく上でややこしいどうのこうのとか。

まずは、この恋とまっすぐに向き合うこと。

あとはそれからだ。

なにがあったって、絶対食らいついてみせる。

覚悟してろよ。末明は新聞を読んでいる鉄面皮の男の横顔に向かって手でピストルを作った。

バキューン。

と、棚橋がまた顔を上げ、こちらを見た。

「な、なんだよ」

「学校にはちゃんと行きなさい」

「……タナちゃん、送ってくれる？」

「甘えるな。電車で行け」

はいはい、そうでしょうよ。

それでも、と未明は思う。人を拒絶するより、触れたいと願っている自分のほうが好きだ。そうすればいつか、棚橋の心も溶かせるだろう。

その時、思いっきりの笑顔をこの人から引き出せればいい。

うまく行かなくて、真夜中の街へ逃れることもきっと、あるだろうけれど。

それでも、今日も地球は回っているし、空には太陽が輝き、その裏側では真夜中をさまよっている人間がきっと、いる。

そして、その限り、自分は決して一人ではないのだ。

願わくば、真夜中をさすらう彼らの上にも、明るい朝が訪れますように。

光輝く朝のダイニングで、未明はひっそり、笑みをもらした。

あとがき

こんにちは。クリスタル文庫ではお初にお目にかかります。榊花月です。

この本が出る頃は、真夏でアロハでオリンピックな時期に突入しているかとは思います。といいつつオリンピックいつやるんだか知らないけど。

私自身はというと、夏は苦手です。寒い時にはなにか着ればなんとかなる。しかし、暑いからと言って、脱げるものには限界があるわけで、通報されない程度の露出というのが希まれるのです。

先日、友人たちとクラブなるものに初潜入したのですが、服装チェックがかなり厳しくて、ミニスカート、ハイヒール、フルメイクが揃っていないと入店させて頂けないという話にドン退いたオレ。どれも持っていない、というか、使ってない。

なんとかそれらしくこしらえて、くだんの店に到着し、どきどきしながらお兄さんに案内された時にはほっとしたものでした。やればできるじゃん、オレ！……容姿の自由・

不自由は問わない店だということも判りました。笑
　もっと妖しい場所だと思っていたのですが、内容はほとんど昔のディスコ。普通に踊っていれば事足りるらしい。しかし、私は自他共に認める自意識過剰人間。

（こんなところに、こんなババアがいても赦されるのだろうか）

（ナンパとかされたら実年齢を言っていいのかどうか）

ま、後者のほうは妄想にすぎなかったのですが、とにかく若者は元気だということだけはよく判りました。ふと気づくと、友人（同い年）はブラ一丁で踊っている。なんぼ見せブラとはいえ、そんな狼藉に及んでいいものか……と辺りを見まわすと、お嬢さん方のほとんどが裸に近い恰好で踊っているではありませんか。

　しょうがないので、私もカーディガンを脱いでみたのですが、下は袖が短めなだけの普通のTシャツです。

「郷に入ったら郷に従え」という言葉を、つくづく噛みしめたことではありました。

　そんなクラブ遊び。できれば二度と出向きたくない。しかし「来週また行こうよ！」と誘われているのです。そして来週とは、今週の土曜日。どうなる、オレ。


　さて、たわごとはほどほどにして、今回お世話になった方々にお礼をば。

イラストの紺野けい子さま。お忙しい中、どうもありがとうございました。

いきなりの投入原稿を、本にして下さるという暴挙、いや快挙に踏み切っていただいた小澤さま。お世話になりました。

そして、この本をお手にとって頂いた皆様。私が発信しているものが少しでも伝わればと思います。ありがとうございました。

榊　花月　拝

CRYSTAL BUNKO
クリスタル文庫

真夜中の匂い

C－84

著　者	榊《さかき》　花《か》　月《づき》
発行者	深　見　悦　司
発行所	成　美　堂　出　版
印　刷	大盛印刷株式会社
製　本	株式会社越後堂製本

ISBN4-415-08868-6